Rainer Moritz

Das Buch zum Buch

Ein Blick hinter die Kulissen

Oktopus

Für den Blick hinter die Verlagskulissen:
www.oktopusverlag.ch / newsletter

Ein Oktopus Buch bei Kampa

www.oktopusverlag.ch
Lektorat: Angela Volknant
Satz: Tristan Walkhoefer, Leipzig
Gesetzt aus der Stempel Garamond LT / 230125
Druck und Bindung: Pustet, Regensburg
Auch als E-Book erhältlich
ISBN 978 3 311 30054 0

Dieses Buch enthält kein --> Motto,
keine --> Widmung
und keine --> Danksagung.

Inhalt

Ein Wort vorweg

Bücher handeln von vielem. Von Liebe, Schmerz, Abenteuer, Krieg, Großstadt, Landleben, Freude, Einsamkeit, Schulhof, Altersheim, Seefahrt, Waldspaziergängen ... Dieses Buch freilich kreist um keines dieser reichhaltigen Themen. Es ist ein Buch zum Buch, und es widmet sich allem Möglichen, was den Buchmarkt und den Literaturbetrieb ausmacht, was zum Entstehen und Erscheinen von Romanen oder Sachbüchern gehört und was sich zu deren Material, zur Sprache, sagen lässt.

Subjektiv, kurzweilig, ernst, ironisch, bissig und informativ soll es in diesem Bücher-Buch zugehen. Es basiert auf dem, was ich in gut drei Jahrzehnten im literarischen Kosmos erlebt habe – als Lektor, Verlagsleiter, Kritiker, Moderator, Autor, Übersetzer, Literaturhausleiter, Podcaster und als Aushilfskraft im Buchhandel, wo es mir im »Endkundengespräch« bisweilen vergönnt war, meine Lieblingslektüren unter die Leute zu bringen. *Das Buch zum Buch* entführt die Leserinnen und Leser in fast alle Ecken und Winkel des Metiers und profitiert, hoffentlich, davon, dass der Autor die meisten dieser Ecken und Winkel ganz gut kennt.

Von meiner Leidenschaft zeugt dieses Buch also bestenfalls. Schon als Schüler war mir klar, »irgendwas mit Büchern« im »späteren Leben« machen zu wollen. Dazu ist es zum Glück gekommen, und dafür bin ich dankbar. Und ich wünsche mir, dass von diesem Feuer etwas überspringt auf die Leserinnen und Leser.

Gegliedert ist dieses Buch alphabetisch – von »Adventure Writing« bis »Zwiebelfisch« – in Stichworten, die mal seriös und mal weniger seriös klingen. Möge die Lektüre dieses ABCs also die Erkenntnis fördern, wie in diesem ganz besonderen Geschäft das eine mit dem anderen zusammenhängt.

Rainer Moritz
Im April 2023

Adventure Writing

Nennt man ein Subgenre des »Travel Writing«, das spätestens mit Jon Krakauers *In eisige Höhen. Das Drama am Mount Everest* (1998) aufkam. Es weckte Verlegerbegehrlichkeiten und generierte bald darauf Unmengen von Büchern mit Wüstendurchquerungen, Polumrundungen und Vulkanbesteigungen. Ein Trend, der dann wieder abflaute. Auch um Reinhold Messner ist es ruhiger geworden.

Agenturen

Agenten, seltener Agentinnen, gab es lange Zeit nur in Filmen und Büchern, wenn Joseph Conrad, Ian Fleming, John le Carré oder Javier Marías zur Feder griffen. Bis Ende des 20. Jahrhunderts hierzulande auffiel, dass sich auch mit dem Beruf des literarischen Agenten Geld verdienen lässt – ein Job, der im angloamerikanischen Bereich seit Langem existierte.

Literaturagenten, häufig -agentinnen, nehmen sich warmherzig der oft heimatlosen Schriftsteller an, die nicht über schnöde Dinge wie Tantieme, Honorare, Vorschüsse etc. sprechen wollen, handeln Verträge mit Verlagen aus und kassieren in der Regel fünfzehn Prozent der eingespielten Gelder. Verleger aus altem Schrot und Korn wie Suhrkamp-Chef Siegfried Unseld wollten von Agenturen nichts wissen und bauten auf das innig persönliche Verhältnis zu ihren schreibenden Zöglingen. Durchhalten ließ sich diese Haltung nicht. Agentenlose Schriftsteller sind eine aussterbende Spezies.

Autor

Nein, nichts Grundsätzliches an dieser Stelle dazu, was »Autorschaft« ist, ob der Autor oder die Autorin tot sind und wann die Künstliche Intelligenz alles bisher Vertraute dazu auf den Kopf stellen wird.

Nein, es geht um eine Beobachtung, die sich seit Jahren machen lässt – sei es bei Veranstaltungen an buchaffinen Orten, sei es im Feuilleton oder bei Alltagsplaudereien. Es geht um etwas sehr Einfaches, es geht um die Deklination des Substantivs »Autor«. Welche Regeln da gelten, ist ganz leicht erklärt:

Nominativ: der Autor
Genitiv: des Autors
Dativ: dem Autor
Akkusativ: den Autor

Obwohl das – wie es früher hieß – so klar wie Kloßbrühe ist, grassiert hier seit Längerem Verwirrung. Oft orientiert man sich nun beim Deklinieren offenbar lieber am Beispiel »Journalist« (der Journalist – des Journalisten – dem Journalisten – den Journalisten). Folglich sind in Buchhandlungen, Bibliotheken oder gar Literaturhäusern Sätze zu hören wie: »Das neue Buch des Autoren hat uns gut gefallen« oder »Wir freuen uns sehr, den Autoren XY heute Abend begrüßen zu dürfen«.

Solche Torheiten schmerzen uns, und wir wollen sie weder hören noch lesen. Könnten sich das bitte alle zu Herzen nehmen? Sonst fängt der Duden bald an, diese Idiotie als umgangssprachliche Variante zu akzeptieren.

Ich werde diese Verfallserscheinung genau im Auge behalten. Wer mich also künftig zu einer Lesung einlädt, möge mich bitte korrekt begrüßen. Auch über gut gemeinte Wendungen wie »Meinem Lieblingsautoren Rainer Moritz heute Abend zuhören zu dürfen ist mir eine große Freude« werde ich nicht hinwegsehen.

Wer statt meiner sicherheitshalber eine »Autorin« einlädt, hat ein Problem weniger. Da kann man bei der Deklination nichts falsch machen.

Autofiktion

Ein Begriffsübel jüngeren Datums. Texte, die zwischen Autobiographie und Fiktion lavieren und sich weder zum einen noch zum anderen eindeutig bekennen, sind keine Erfindung unserer Tage. Dem französischen Autor und Literaturwissenschaftler Serge Doubrovsky wird attestiert, in den 1970er-Jahren den Begriff »Autofiktion« gezielt verbreitet zu haben. Wie es überhaupt vor allem Franzosen wie Didier Eribon, Édouard Louis oder Annie Ernaux waren und sind, die mit ihren Texten diese Schublade zum Bersten bringen.

Was »autofiktional« von »autobiographisch« unterscheidet, ist schwieriger zu fassen, als man denkt. Auf jeden Fall klingt das Erstere intellektueller und chicer und wird deshalb seit einiger Zeit in Verlagsvorschauen blindlings und zum Erbrechen oft verwendet – egal ob es um Tove Ditlevsen, Monika Helfer oder Julia Schoch geht. Auch Graphic Novels, Eva Müllers *Scheiblettenkind* etwa, sind inzwischen »autofiktional«. »Autobiographisch« hingegen stirbt als Anpreisungsvokabel quasi aus. Wahrscheinlich zählt auch Goethes *Dichtung und Wahrheit* inzwischen zur Autofiktion, das vorliegende *Buch zum Buch* sowieso.

Bei all diesem Getue um die Autofiktion lob ich mir den Schweizer Peter Stamm, der in seinem Roman

In einer dunkelblauen Stunde eine Figur Folgendes sagen lässt: »Dieses ganze autobiographische, autofiktionale Zeug, wozu soll das gut sein. Diese geheuchelte Authentizität, die verlogener ist, als jede Erfindung es je sein könnte. Nie lügt man so schamlos, wie wenn man von sich selbst erzählt.«

Autorenfoto

Ich weiß, dass man Menschen nicht nach ihrem Aussehen beurteilen soll. Fand meine Mutter auch, ehe sie sich über die Küchenschürze der Nachbarin oder das Doppelkinn von Onkel Hermann mokierte. Innere Werte sind es, die zählen. Klar. Doch in unserer verdammt schnelllebigen Zeit bleibt dafür nicht genügend Muße. Und auch nicht dafür, ständig Romane von über 500 Seiten zu lesen. Stattdessen halten wir uns an den Schweizer Pfarrer Johann Caspar Lavater, der im 18. Jahrhundert die Mode der Physiognomik aufbrachte, Schädel- und Nasenformen studierte und das Innere des Menschen im Äußeren gespiegelt sah. Warum soll das heute nicht mehr gelten? Ab einem bestimmten Alter sei man für sein Gesicht verantwortlich, heißt es in Albert Camus' Roman *Der Fall.* Woran wir uns, im Gegensatz zu Boris Becker, halten wollen. Wie Autoren auftreten, wie sie sich präsentieren, ob sie »highly promotable« sind oder eher nicht abgebildet werden sollten, das nimmt in der Verlagsarbeit breiten Raum ein. Kleider und Gesichter machen Leute. Denken Sie an Günter Grass' Cordanzug oder Daniel Kehlmanns dezent schmollende Unterlippe.

Wie man Autorinnen und Autoren in Verlagsvorschauen oder Umschlagklappen zeigt, ist Teil des Marketings und unterliegt modischen Strömungen. Schon literarische Großfürsten wie Thomas Mann und Gerhart Hauptmann wussten sich zu inszenieren, und die Art und Weise, wie Ingeborg Bachmann 1954 als Covergirl des *Spiegel* dreinschaute, hat die Rezeption ihrer Werke mitgeprägt. Dass man, wie die Bachmann, als ernsthafter Autor oder ernsthafte Autorin seriös in die Welt zu blicken habe, ist eine bis heute verbreitete Auffassung. Wer plump lacht auf Fotos, macht sich – wenn es sich nicht um Bücher von Otto Waalkes handelt – verdächtig. Folglich sind Aufnahmen, die Autoren nachdenklich, melancholisch und mit verhangenem Blick zeigen, gelegentlich immer noch gepaart mit der Rodin'schen Denkpose.

Die Inszenierungen fallen ganz unterschiedlich aus. Da gibt es den Hutträger Martin Walser, der sich von niemandem etwas vorschreiben lässt, oder Ilja Leonard Pfeijffer, der sich ebenfalls von niemandem etwas vorschreiben lässt, seine Haarmähne aber nie unter einem Hut verstecken würde. Da gibt es die supercoolen Typen wie Donald Ray Pollock, Helge

Timmerberg, Virginie Despentes, Richard David Precht, Peter Buwalda oder Karl Ove Knausgård, die entweder zeigen, dass sie im Leben einiges durchgemacht haben, oder irgendwie ahnen, dass sie über erotische Ausstrahlung verfügen. Da gibt es Figuren wie Arno Geiger, Dora Heldt, Wolf Haas oder Bernadine Evaristo, die beim Fotografiertwerden kein Gedöns machen und deshalb mit ihrer »natürlichen« Ausstrahlung punkten.

Abgenommen hat die Tendenz, sich ironisch oder unironisch auf Verlagsfotos in großer Pose zu zeigen. Sibylle Berg hat das, mit den Usancen des Geschäfts spielend, in ihren Anfängen gezielt gemacht. Auf dem Cover ihres Erstlings *Ein paar Leute suchen das Glück und lachen sich tot* sehen wir sie leicht bekleidet und rauchend auf einem Bett, auf dem ihres Romans *Amerika* posiert sie bestens frisiert im schwarzen Barbara-Stanwyck-Abendkleid mit Dogge an ihrer Seite, aufgenommen im Zürcher Edelhotel Dolder. Mittlerweile nimmt Sibylle Berg von solchen Inszenierungen Abstand; ihre Bücher kommen eher schmucklos daher.

Vorbei auch die Zeiten, als in Verlagen und Zeitungsredaktionen ein latenter Sexismus waltete und Autorinnen nicht zuletzt nach ihrem Aussehen taxiert wurden. Von altgedienten Marketingleitern ausgesprochene Sätze wie »Die nehmen wir vorne auf die Vorschau« fallen heute kaum noch; fehlen tun sie niemandem.

Zu »korrekt« freilich muss es auf Autorenfotos dennoch nicht zugehen, und so bin ich Peter Stamm sehr dankbar dafür, dass er sich in letzter Zeit mit Zigarette ablichten ließ. Ja, ja, wir wissen von der Schädlichkeit des Nikotins und von der Vorbildfunktion, die Schriftsteller verkörpern sollen (aber oft nicht verkörpern wollen), trotzdem gefällt mir der lässige Raucher Peter Stamm gut. In Büchern, das wird heutzutage oft vergessen, geht es ja zum Glück auch selten »korrekt« zu, und rauchende Männer sind nicht zwingend uninteressanter als nicht rauchende Männer.

Bindestrich

Lesende sind oft empfindsame Menschen. Sie sind leicht verletzbar und stören sich an Dingen, die anderen Menschen schnurzegal sind. Verletzungen überwindet man bisweilen dadurch – dafür gibt es in der Weltliteratur viele Beispiele –, dass man über sie schreibt. Deshalb das Folgende:

Mein Ärger darüber setzte früh ein. Wahrscheinlich Anfang der 1980er-Jahre, als ich einem frisch entfachten Interesse für mittelalterliche Literatur folgte und Mitglied der – so dachte ich – Oswald-von-Wolkenstein-Gesellschaft wurde. Lange hielt die Freude darüber nicht an, denn ich musste schmerzhaft erkennen, dass es diese hochnoble, vor allem aus Germanisten zusammengesetzte Gesellschaft vorzog, sich Oswald von Wolkenstein-Gesellschaft zu nennen und bei der Publikation ihres Jahrbuchs gar auf jeglichen Bindestrich zu verzichten.

Meiner früh entwickelten Oberlehrerneigung nachgehend, monierte ich das in einem strengen Brief, doch der Vorstand zeigte sich uneinsichtig, sodass ich nicht umhinkam, der Gesellschaft den Rücken zu kehren. Seit dieser Zeit begleitet mich das Leiden am fehlenden Bindestrich, diesem so wichtigen Satzzeichen, das anzeigt, dass Dinge zusammengehören und nicht wie einsame Bojen in den Sprachgewässern umhertaumeln.

Dabei könnte alles so einfach sein, wie ein Blick in die amtlichen Rechtschreibvorgaben zeigt. Das Deutsche verfügt bekanntermaßen über die herrliche Fähigkeit, bei Bedarf ständig neue Substantivkomposita zu bilden, ohne dass diese sich sofort im Wörterbuch niederschlagen müssten. »Ölleckschlauch«, »Rindfleischetikettierungsverordnung« oder »Seuchenbekämpfungsmaßnahmen« sind somit gängige Wortbildungen, die ausländische Betrachter in Angst und Schrecken versetzen. Der erstaunte Mark Twain nannte sie »alphabetische Prozessionen«.

Da solche buchstabenreichen Verbindungen mitunter zu Unübersichtlichkeit neigen, zeigt sich der Duden großzügig und lässt zu, dass der Lesbarkeit wegen Bindestriche komplexe Zusammensetzungen strukturieren. Gegen »Lotto-Annahmestelle« oder »Umsatzsteuer-Tabelle« ist also nichts zu sagen. Erforderlich freilich ist ein solcher Bindestrich nur in wenigen Fällen, doch eine Zeit lang schien es so, als würden Zusammenschreibungen eine generelle Überforderung darstellen, und Wendungen wie »Golf-Platz« oder »Fehl-Alarm« breiteten sich unschön aus.

Viel schlimmer als die unnötigen Bindestriche ist der seit Jahren grassierende Verzicht auf das elementare Satzzeichen. Wohin man auch blickt, überall umzingeln einen rätselhafte Aneinanderreihungen von Substantiven, die hilflos wie Hänsel und Gretel durch den Wald irren. Ein paar Beispiele gefällig? Der Steakspezialist Eugen Block bietet ein »Zauber Gewürz« an, natürlich in »Block House Qualität«; auf Speisekarten – ein Hort der Bindestrichabstinenz – begegnen uns »Kinder Portionen«, »Spargel Salate«, »Frühlings Eisbecher«, eine »Skins on Fries Tüte« oder »Extra Gedecke«, und resigniert lenke ich meinen Wagen in eine »Autowasch Straße« (oder: »Auto Wasch Straße«). Mancherorts wird diese Erscheinung deppenverachtend Deppenleerzeichen genannt.

Das allgemeine Tohuwabohu nimmt überall zu, zumal selbst hoch offizielle Institutionen gedankenlos agieren und den Bindestrich nach Belieben setzen. Da verleiht die Evangelische Akademie in Tutzing einen Marie Luise Kaschnitz-Preis, das PEN-Zentrum einen Kurt Sigel-Lyrikpreis, und Benennungen wie Hermann Hesse-Wanderweg sorgen kaum noch für Erregung, ganz so, als hieße der Hesse-Wanderweg Hermann mit Vornamen.

Selbst die ehrwürdige Frankfurter Universität hieß jahrelang unfasslicherweise Johann Wolfgang von Goethe-Universität, ehe man sich – wohl nicht mir zuliebe – in Goethe-Universität umbenannte. Und kaum öffne ich meine Emails, stoße ich in Signaturen auf einen »Univ. Prof.« oder einen »Dipl. Ing.«. Dass mich die »Hamburg Tourismus GmbH« neulich zu einer »Kick-off Veranstaltung« einlud, sei der Ordnung halber nicht verschwiegen. Zumutungen wie die Binnenmajuskel in »BahnCard« wollen wir übergehen.

Zu tun hat diese sinnfreie Willkür mit einer insbesondere bei Typographen und Werbeagenturen weit verbreiteten Abscheu vor dem Bindestrich, der als unschönes, die gestalterische Kreativität einengendes Element verschrieen ist – mit der Folge, dass uns auf Buchcovern gerne mal ein *Fontane Lexikon* oder *Das Marcel Proust Alphabet* begegnen. Substantivverbindungen mit Bindestrich durchzukoppeln, das gilt irgendwie als spießig und unelegant, ablesbar daran, dass selbst Institutionen, Gesellschaften oder Unternehmen den klärenden Bindestrich meiden wie der Teufel das Weihwasser.

Irrige Schreibungen wie »S. Fischer Verlag«, »BVB Fanclub«, »Anthony Powell Gesellschaft«, »ETA

Hoffmann Theater«, »Allianz Arena« und »Humboldt Forum« verfolgen uns auf Schritt und Tritt. Sie gehen insgeheim davon aus, dass Bindestrichwörter provinziell wirken und international nicht vermittelbar sind. Natürlich hat der subversive Einfluss des Englischen seinen Beitrag dazu geleistet und der Bindestrichphobie in die Hände gespielt. Wenn in Liverpool oder Boston »service station« oder »hand car wash« korrekte Schreibungen sind, kann, so der fatale Glaube, eine »Service Station« in Weinsberg oder Pontresina nicht falsch sein.

Wer diese Phänomene beklagt, gerät rasch in den Verdacht, an überzeitliche Normierungen zu glauben und den »natürlichen« Sprachwandel zu verkennen. Und ja, die Sprachgemeinschaft geht unwillkürlich den Weg des geringsten Widerstands und formuliert so, wie es am einfachsten ist. Das Unkomplizierte obsiegt auf lange Sicht, und so werden aus starken Verben gern schwache, ist der Dativ nach »wegen« kein Grammatikverstoß mehr. Selbst das Unbehagen, das manchen überfällt, wenn die Konjunktion »weil« in gesprochener Sprache einen Haupt- und keinen Nebensatz mehr nach sich zieht, wird ein vorübergehendes sein.

Überall freilich sollten wir diese Nachsicht nicht walten lassen. Substantivverknüpfungen nicht mehr zusammenzuschreiben oder mit Bindestrichen zu koppeln widersetzt sich der Logik, etwas miteinander zu verbinden, was verbunden gehört. Ein Leberwurstbrot ist eben nicht das Gleiche wie ein »Leber Wurst-Brot« oder ein »Leber Wurst Brot«, und »Social Media-Aktivitäten« besagen nicht das, was sie besagen wollen: Social-Media-Aktivitäten. Vielleicht signalisiert die Scheu vor dem Bindestrich ja die Zerrissenheit unserer Gesellschaft: Wo wir über das Fehlen von Gemeinsamem und Verbindendem klagen, da täte uns der Bindestrich gut. Ihn zu setzen würde den Zusammenhalt in unserem Land fördern. Manchmal verweisen Rechtschreibprobleme offenbar auf größere Probleme.

Unbelehrbar zeigt sich – ich komme darüber nicht hinweg – die den Südtiroler Dichter und Sänger Oswald von Wolkenstein in Ehren haltende Vereinigung: Sie nennt sich bis heute Oswald von Wolkenstein-Gesellschaft.

Bodywriting

Vielleicht hat es mir an Mut gefehlt. Vielleicht wäre aus mir ein ganz anderer Kerl geworden, ein Schriftsteller, wie ihn die Welt noch nie gesehen hat. An den Literaturinstituten in Hildesheim oder Leipzig, da hätte ich studieren müssen; da hätte man mir die richtigen Fingerzeige gegeben. Oder, noch besser, in Wien, an der »schule für dichtung / vienna poetry school«.

Was diese – so Friederike Mayröcker – »überaus wertvolle« Dichterakademie anbietet, hat mich früh fasziniert.

Zum prominent besetzten Lehrkörper gehörte vor vielen Jahren die Schriftstellerin Ginka Steinwachs. Ihr in Wien angebotenes Seminar beeindruckte mich seinerzeit sehr; den Ankündigungstext habe ich mir gemerkt: »Schreiben ist Körperarbeit. Schreiben ist *bodywriting* im Sinne von genitivus subjectivus und genitivus objectivus, der Körper schreibt (subjectivus) und der Körper wird beschrieben (objectivus). Der Körper selbst ist das zu beschreibende weiße Blatt. Daher nach Literatur im Liegen (Grundkurs), jetzt Literatur im Gehen (Aufbaukurs die Meisterklasse). Im Klassenzimmer eine Diagonale zum Auslaufen und ein Berg zum Aufstieg.«

Sechs Tage im Wiener September hätte damals diese Bodywriting-Unterweisung gedauert, zwei Stunden täglich. Mir fehlte das Zutrauen. Möglicherweise vermisste ich zwischen »Liegen« und »Gehen« den Kurs »Literatur im Stehen«. Eventuell war ich zu geizig, 1000 Schilling hätte mich Frau Steinwachs' Seminar gekostet.

Eine verpasste Chance, so sehe ich das heute. Aus Neugier habe ich mir das aktuelle Programm der »schule für dichtung« angesehen, das unverändert exquisit ist. Thomas Meinecke und Raphaela Edelbauer bieten Kurse an. Am meisten interessiert mich die Klasse der Choreographin und Autorin Christine Gaigg; »orgasmisches schreiben« ist sie betitelt. Es geht darin um »entgrenzung und kontrollverlust durch techniken psychischer und physischer ekstase«. Das würde zu mir passen. Leider fand Frau Gaiggs Kurs bereits im November 2022 statt. Wieder eine verpasste Chance.

Brezel- und Buchpreis

Bücher seien zu teuer – diesen Satz hört man immer wieder, obwohl er einer der törichtsten Sätze ist, die man äußern kann. Warum? Lassen Sie mich mit der Laugenbrezel argumentieren, dieser Krönung des Bäckerhandwerks. *Die Rheinpfalz* hat vor einiger Zeit die Brezelpreisentwicklung in Speyer während der letzten Jahrzehnte dokumentiert. Demnach kostete das Gebäck 1950 fünf Pfennige, 1960 zwölf, 1971 zwanzig. 1988 musste man bereits 40 Pfennige auf den Ladentisch legen, und nach der Euro-Einführung stieg der Preis 2014 etwa auf stattliche 60 Cent. Heute kostet eine Laugenbrezel in Speyer oder anderswo gut und gerne einen Euro, und die Preissteigerungen bei den Rohstoffen Mehl, Wasser oder Butter, von den Energiekosten ganz zu schweigen, werden den Brezelpreis weiter in die Höhe treiben. Welche prozentuale Erhöhung das seit Konrad Adenauers Zeiten bedeutet, lässt sich selbst ohne Taschenrechner leicht feststellen.

Die Preise für Bücher haben an dieser Entwicklung so gut wie keinen Anteil gehabt. Selbst die Euro-Umstellung hat daran nichts geändert. Während wir es in Restaurants klaglos hinnehmen, für ein Glas hundsgewöhnlichen Grauburgunder neun Euro zu zahlen, dümpeln die Ladenpreise für Bücher vor sich hin. Während man vor dem Euro beispielsweise einen Hardcoverroman von 300 Seiten für 39,90 D-Mark bekam, kostete dieser bis vor Kurzem maximal 23 oder 24 Euro. Das Ungleichgewicht zur Laugenbrezelpreisentwicklung liegt auf der Hand. Wenn man zum Beispiel bei meinem Lieblingsitaliener, dem Lamm in Dettenhausen, für eine Pizza respektable (und durchaus berechtigte) vierzehn oder fünfzehn Euro hinblättern muss, lässt sich daraus nur eines folgern: Büchern müssen teurer werden!

Buchhandlung, Atmosphäre der

Ein unwirtlicher Tag. Es regnet unablässig, Windböen wirbeln das Laub auf, und kalte Luft setzt sich im Gesicht fest. Höchste Zeit, einen Unterschlupf zu finden. Und da tut sich plötzlich ein Ort auf, der Geborgenheit verspricht. Wer eine Buchhandlung betritt, klinkt sich aus der Welt aus und hofft insgeheim, dass dieser

Zustand anhält, dass eine Rückkehr in den fordernden Alltag nicht nötig sein wird.

Doch Vorsicht! Buchhandlungen unterscheiden sich stark voneinander. Da gibt es die weitläufigen Läden der Filialisten, die selten Charme versprühen. Im Eingangsbereich locken sie mit Stapeln reduzierter, austauschbarer Ware, dem sogenannten modernen Antiquariat. Gleich dahinter lauert Krimskrams, Geschenkartikel, die für schnellen Umsatz sorgen.

Um solche Kaufhäuser des Buches, die vor allem die gängigen Bestseller unter die Leute bringen wollen, geht es nicht. Wir meinen vielmehr jene überschaubaren Geschäfte, die sofort das Gefühl vermitteln, man zähle zu den langjährigen Stammkunden – selbst wenn man nie zuvor einen Fuß in dieses Paradies der Bücher gesetzt hat. Ein Kopfnicken der Buchhändlerin an der Kasse, die klug genug ist, die Eintretenden in Ruhe ankommen zu lassen und sie nicht mit einem »Kann ich Ihnen helfen?« zu überfallen – und schon richtet man sich ein.

Buchhandlungen wollen anfangs sorgsam mit Blicken erkundet werden. Da vorne ein Tisch mit Neuerscheinungen, die Titel so angeordnet, dass ungewöhnliche Cover ins Auge springen. Daneben vielleicht eine Drehsäule mit kleinformatigen Kochbüchern, und hinten an der Wand stehen die leicht wiederzuerkennenden Buchreihen wie Zinnsoldaten nebeneinander: die gelben Reclam-Hefte, die handlichen Manesse-Klassiker der Weltliteratur oder die *Naturkunden* von Matthes & Seitz, die einem unterschätze Fauna und Flora, Esel oder Brennnessel zum Beispiel, nahebringen.

Ein paar Minuten braucht es nur, bis sich ein Zugehörigkeitsgefühl einstellt. Was draußen ist, zählt nicht mehr. Behutsam tastet man sich vor, nimmt die ersten Bücher in die Hand, studiert ihre Klappentexte, lässt sich von einer Ecke in die nächste treiben und stößt auf gänzlich unvertraute Romane oder Sachbücher, die zu erstehen plötzlich zur unaufschiebbaren Angelegenheit wird. Ein Sessel, ein altmodisches Sofa – jede Sitzgelegenheit wird freudig begrüßt, gilt es doch, sich in den einen oder anderen Titel zu vertiefen, um zu sehen, ob der Inhalt mit dem einladenden Umschlag mithalten kann. Vielleicht gibt es sogar eine Tasse Kaffee dazu, um sich wie zu Hause zu fühlen.

Buchhandlungen wollen, wie die Verlegerin Inge Feltrinelli schrieb, zuerst die »Kunden verführen«, ihnen unaufdringlich zeigen, dass das Leben nicht nur aus Notwendigkeiten besteht, dass es vielmehr seinen Reiz daraus zieht, sich von Neuem ansprechen zu lassen. Wie sie das tun, dafür gibt es keine Norm. Mal ist es ein akkurates Ordnungssystem, das uns zielsicher von den Krimis zu den Biographien führt. Mal macht ein heilloses Durcheinander den Zauber aus: schiefe Büchertürme, auf denen Druckfrisches und Angestaubtes eine selbstverständliche Allianz eingehen.

Das gedämpfte Licht, das Parkett, die Sitznische, das Ineinandergreifen der braunen Regalwände – alles ist ausgerichtet, um die Menschen in Einklang zu bringen mit der magischen Aura des Ortes. Hektische Einkäufe lassen sich andernorts erledigen. Hier geht es um den Moment freudiger Anspannung, hier geht es darum, wie die Autorin Caroline Lamarche, Kundin der Brüsseler Buchhandlung Tropismes, schrieb, auf den »Liebesruf der Bücher« zu warten, keine bewusste Wahl zu treffen, sondern sich ergreifen zu lassen.

Irgendwann freilich heißt es, aus der Einsamkeit des stillen Blätterns herauszutreten und das Gespräch zu suchen – mit der unaufdringlichen Buchhändlerin, dem dezenten Buchhändler. Denn wer neugierig auf Literatur ist, will sich darüber austauschen, will seine Eindrücke teilen und eine Gemeinschaft mit anderen Lesenden bilden. So werden Buchhandlungen zu Stätten eines anregenden Austauschs. Laut geht es dabei nicht zu, allenfalls in den Kinderbuchabteilungen herrscht Lärmen.

Sich ein Stündchen in einer Buchhandlung aufzuhalten, sie dann heiteren und zugleich schweren Herzens mit einem Stoß Lesestoff zu verlassen, das wappnet für die Herausforderungen vor der Tür, für Nieselregen, Eiseskälte oder Autolärm. Und an manchen Abenden verwandeln sich diese Orte, wo alles so zueinanderpasst, in Lesebühnen. Wenige Handgriffe genügen, um Tische zu verschieben, Stuhlreihen aufzubauen und aus einem Laden eine kleine Lesebühne zu machen. Dann treten Autorinnen und Autoren auf, lesen aus ihren Werken, nippen am obligatorischen Wasserglas und kommen mit den Gästen ins Gespräch. Keine Performance, kein Event, nein, die intime Erfahrung vorgetragener Texte und das Kennenlernen derjenigen, die sie geschrieben haben. Am nächsten Morgen kehrt die alte Ordnung wieder zurück, lockt die Buchhandlung aufs Neue mit ihrem Sortiment und spricht eine Einladung zur Einkehr aus.

Buchmessen

Buchmessen gibt es sehr viele auf der Welt, ob in Beijing, London, Wien oder Bologna. Konzentrieren wir uns deshalb auf das, was Deutschland zu bieten hat, auf Frankfurt und Leipzig. Nach der Wiedervereinigung galt es lange als fraglich, ob man sich zwei Buchmessen im Jahr leisten könne, und hinter vorgehaltener Hand mäkelten nicht nur Verlagscontroller an den unnötigen Kosten herum, die diese »Ostmesse« bereite.

Das änderte sich erst Mitte der 1990er-Jahre, als plötzlich ein frischer Luftzug durch Leipzig wehte und binnen kürzester Zeit die überraschendsten Aufbruchssignale zu hören waren. Da erregte der neue

Hauptbahnhof mit seiner ungewohnt ausladenden Einkaufsmeile Aufsehen; da wurde in Anwesenheit des Bundespräsidenten Roman Herzog das gläserne Messegelände im Norden der Stadt eingeweiht, und auch die Literatur hatte Anlass zur Freude: durch das Haus des Buches am Gerichtsweg, zu dessen Eröffnung sogar Bundeskanzler Helmut Kohl hätte sprechen wollen, wenn starker Nebel ihn nicht daran gehindert hätte.

Wer die Atmosphäre in Leipzig seinerzeit miterlebte, spürte einen Wind, der aus zweierlei Richtungen blies. Zum einen träumten viele davon, dass das Etikett »Buchstadt« nicht nur nostalgische Bedeutung besitzen, sondern für die Zukunft gelten möge. Zum anderen war ebenso klar, dass man im Westen mit diesem Hochhalten der Vergangenheit wenig anzufangen wusste und keinen zwingenden Grund sah, an der Leipziger Buchmesse festzuhalten. Lag in dieser Veranstaltung nicht gar eine Gefahr, das große Frankfurter Herbstevent zu schwächen?

So dachte man in den Verlagskonzernen der alten Bundesrepublik, doch da es in offiziellen Verlautbarungen darum ging, den armen Osten nicht hängen zu lassen und von blühenden Kulturlandschaften in Sachsen und Thüringen zu schwadronieren, hielt man sich mit offenen Herabwürdigungen der putzigen Leipziger Buchmesse zurück, äußerte sich spöttisch nur hinter vorgehaltener Hand. Selbst als die Buchmesse ihren verwinkelten Standort am baufälligen Messehaus am Markt aufgab und in die elegante Glashalle zog, hielt sich die Begeisterung in Münchner oder Hamburger Verlagshäusern in Grenzen. Man schickte ein kleines Team nach Leipzig, zu denen die Verleger nur selten gehörten, und richtete sich in possierlichen Alibiständen ein, die selten Ähnlichkeit mit den Frankfurter Prachtbauten besaßen. Wenn man nicht den Aufbau- oder den Henschel-Verlag repräsentierte, ertrug man die Leipziger Messe, ohne sich für sie ins Zeug zu legen.

Erst nach und nach gelang es den Leipziger Verantwortlichen, das Blatt zu wenden und manchen peinlichen Eindruck zu verwischen. So verzichtete man 2004 auf die Verleihung des Deutschen Bücherpreises, der aus einer sechs Kilogramm schweren, von Günter Grass gestalteten Bronzetrophäe, dem »Bücher-Butt«, bestand. Und der Verleihungszeremonie, bei der das Fernsehballett des Mitteldeutschen Rundfunks auftrat und die bedauernswerte Nana Mouskouri von Wunderkerzennebel begleitet »Freude schöner Götterfunken« singen musste, trauerte keiner nach.

Was die Stimmung in den Verlagen markant veränderte, war das immer größer werdende Lesefestival »Leipzig liest«, das zahllosen Autorinnen und Autoren eine Auftrittsmöglichkeit bot und ein begeistertes Publikum anzog. Zudem schuf man 2005 mit dem Preis der Leipziger Buchmesse endlich ein

Format, das unter den vielen deutschen literarischen Auszeichnungen rasch ein gutes Standing hatte und sich auch als verkaufsfördernd erwies. Das Grollen in den Controllingabteilungen wurde schwächer. An der Existenzberechtigung der Leipziger Buchmesse schien niemand mehr rütteln zu wollen, zumal Cosplayer den Messeeindruck prägten und die Jugend fürs Lesen somit nicht ganz verloren schien.

Erst die Corona-Pandemie trübte dieses erfreuliche Gesamtbild. Mit eher dürftigen Argumenten nötigten die Großverlage die Messeleitung, das Leipziger Frühjahrsevent abzusagen, und als Mitte 2022 in vorauseilender Vorsicht die Leipziger Messe für 2023 sinnfrei auf Ende April verschoben wurde, sorgte das allenthalben für Kopfschütteln. Seitdem raunt man sich zu, dass hybride und digitale Formate ein Messetreffen mit echten Menschen ohnehin überflüssig machten, und so müssen wir wohl hinnehmen, dass die Frankfurter Messe ihre alte Größe nie mehr erreichen und das Leipziger Pendant ums Überleben kämpfen muss, trotz der guten Besucherzahlen 2023.

Für Buchhändler, Leserinnen und Verlagsakteure jeder Couleur wäre ein Dahinsiechen der Buchmessen ein Desaster. Mein soziales Leben wäre tief erschüttert, denn seit vielen Jahren strukturieren diese beiden Termine mein Leben, haben mein Verhalten vermutlich stärker geprägt, als ich es mir hätte träumen lassen.

Wenn die Buchmesse naht, haben Routiniers ihre Vorbereitungen längst getroffen. Während sich der eine oder andere noch rasch ein paar Kilos abtrainiert, um in den Anzug des Vorjahrs zu passen, haben andere die entscheidenden Besorgungen längst getätigt: neues Armani-Jackett gekauft, das kleine Schwarze von Strenesse zur Reinigung gebracht, Doppelpackungen Aspirin gebunkert, Visitenkarten nachgedruckt. Ist dies alles bedacht, gilt es nur noch, das rhetorische Rüstzeug auf den aktuellen Stand zu bringen. Denn jede Buchmesse braucht Themen, die den Anschein des Brennend-Aktuellen erwecken, und jede Buchmesse wirft Fragen auf, deren Antworten man sich am besten zuvor zurechtlegt.

Ich bin jedes Jahr gewappnet. Das Klett-Buch, das wir früher im Englischunterricht benutzten, hielt fast zu jeder Lektion eine »Sentence Switchboard« bereit, mit dessen Hilfe man aus vorgestanzten Wortfolgen wohlgeformte englische Sätze zu bilden hatte. Diese Erfahrung hilft mir noch heute, ergänzt durch die *Phrasen-Dreschmaschine*, die das Straelener Übersetzer-Kollegium vor Jahren auf den Markt brachte. Ein unverzichtbares Vademecum, ohne Zweifel, denn keinem noch so eloquenten Messeteilnehmer gelingt es, eine Woche lang originelle Antworten auf qualvoll ähnlich klingende Fragen parat zu haben.

Derart ausgerüstet, bin ich für jedes Interview zu haben und allen intellektuellen Herausforderungen gewachsen. Ich werde abwägend reagieren, wenn ich auf die jährliche Flut von Buchnovitäten, das Dörte-Hansen-Wunder, den Segen der Preisbindung, die steigenden Papierpreise, den Boom von Hörbuch und Podcast, die neuen Print-on-Demand-Möglichkeiten oder auf die Geheimnisse der Bestsellerei angesprochen werde.

Nichts kann mich erschüttern – auch nicht die bohrenden Fragen beflissener Kritiker nach dem permanenten Bedeutungsverlust der Literaturkritik, der »Systemrelevanz« der Künste, der Subventionierung von kleinen Edelverlagen, der Nachhaltigkeit in der Buchproduktion, dem Aufkommen des Gendersternchens in Romanen oder nach der Präsenz rechtsextremer Verlage. Die Einschätzung, dass das Buch als Printprodukt selbstverständlich überleben werde und das Leistungsvermögen von ChatGPT ebenso selbstverständlich nicht an künstlerische Kreativität heranreiche, gehen mir ruckzuck über die Lippen.

So fliegen die Messetage dahin, Tage, die – wie unschwer zu erkennen – von ihren Ritualen der Wiederholung leben. Große Veränderungen will man da nicht erleben. Allein die Ankündigung, dass der eine oder andere Verlag auf seinen obligatorischen Messeempfang verzichte, lässt mich frösteln. Was werde ich nun an diesen Abenden ohne mäßigen Wein und mäßige Häppchen tun, von den Belastungen meines Geldbeutels ganz zu schweigen? Zum Glück bleibt vieles auch in Krisenzeiten unangetastet: die Studienräte, die aus ihren unveröffentlichten Romanmanuskripten lesen wollen, die Rolltreppen-Begegnungen mit lieben Kolleginnen und Kollegen (»Man sieht sich!«), der unmäßige Konsum von gesundheitsschädlichen Suchtmitteln, die fetttriefende hessische Rindswurst, die siedend heißen Gerüchte, die ein paar Tage kursieren und kurz darauf nicht mehr zu hören sind, die Klagen über skandalöse Hotelpreise, die Flurgespräche mit wildfremden Personen, die einen duzen oder busseln, als würde man sie kennen. Zu anderen Messeschwerpunktthemen, wie sie etwa Julian Barnes benannt hat – »Taxi-drivers in Frankfurt are said to dislike the annual Book Fair because literary folk, instead of being shuttled to prostitutes like respectable members of other convening professions, prefer to stay in their hotels and fuck one another« – möchte ich mich verständlicherweise nicht äußern.

Buchsongs

Ungeachtet der Gefahr, sozial geächtet zu werden, beschäftige ich mich seit Jahren mit den Höhen und Tiefen des deutschen Schlagers, ohne Hervorbringungen aus anderen Ländern zu übergehen. Dass Autoren wie Peter Rühmkorf (»verbrecherische Volksverdummung«) oder Rolf Dieter Brinkmann (»mieses Geflecht beschissener Texte«) mit meiner Leidenschaft wenig anzufangen wussten, stört mich wenig.

Als gelernter Literaturwissenschaftler widme ich mich dabei stoff- und motivgeschichtlichen Fragen, auch um Anregungen für Master- und Doktorarbeiten künftiger Generationen zu geben. Kein Geheimnis ist es, dass der Schlager – von Rudi Schuricke bis Helene Fischer – sich häufig um die Liebe und ihre mal erfreu-, mal betrüblichen Nebenwirkungen dreht. Bei genauerer Analyse sieht man indes, dass der Schlager quasi vor keinem Motiv haltmacht. So gibt es Hunde-, Telefon-, Auto- und Essensschlager, doch wo, so meine die Forschung vorantreibende Frage, handelt das populäre Liedgut von Büchern, vom Lesen und Schreiben?

In jahrelanger Kleinarbeit gelang es mir, drei Themenstränge dazu herauszuarbeiten: a) die Weltliteratur, b) große Dichter und Denker, c) das Lesen und die Bücher selbst.

Zu a): Nicht wenige Schlager und Popsongs spielen auf literarische Werke an, mal leicht verständlich, mal hermetisch dunkel. »The Battle of Evermore« von Led Zeppelin war von Tolkiens *Herr der Ringe*, Emmylou Harris' »My Antonia« von Willa Cather und Kate Bushs »Wuthering Heights« natürlich von Emily Brontës gleichnamigen Roman inspiriert. Auch im Deutschsprachigen gibt es Erstaunliches: Peggy Marchs Texter Hans Bradtke griff in »Romeo & Julia«

auf Shakespeare zurück, allerdings mit geographischer Sorglosigkeit: »Wir, wir beide sind nicht Romeo und Julia / und sind auch nicht zu Hause in Florenz. / Wir, wir beide machen Romeo und Julia / in puncto Tränen keine Konkurrenz«. Man sieht, welche ungeheuren Auswirkungen der Reimzwang hat. Das Schlusswort »Konkurrenz« ruft den fatalen Irrtum »Florenz« hervor, wobei, zugegebenermaßen, das Reimwort »Verona« die Texterei nicht erleichtert hätte. Versuche mit »so nah«, »Ilona«, »doch da« oder Ähnlichem hätte Hans Bradtke freilich unternehmen können.

Zu b): Wenn wir schon bei Shakespeare sind: Der Schlager tut sich generell schwer, mit Bildungsgut oder historischem Wissen zu punkten. Texter scheinen eine intellektuelle Überforderung der Hörerschaft zu fürchten. Sofern es überhaupt zu solchen Anstrengungen kommt, scheint Kaiser Napoleon die sicherste Nummer zu sein. Der ESC-Siegertitel »Waterloo« von ABBA steht da natürlich an vorderster Front, aber auch France Gall (ebenfalls ESC-Gewinnerin ihres Zeichens) weiß Apartes beizutragen: »Ein bisschen Goethe, ein bisschen Bonaparte, / so soll er ausseh'n, der Mann, auf den ich warte, / ein bisschen Geist, ein bisschen Mut, / an meiner grünen Seite, ja das wäre gut.«

Dazu passt, dass sogar Freddy Quinn versuchte, auf den napoleonischen Zug aufzuspringen, in »St. Helena«, dem Lieblingsschlager des Literaturgurus

Denis Scheck: »St. Helena um Mitternacht, / der Kaiser ist vom Traum erwacht. / Er denkt daran, / wie bald sich alles ändern kann. (...) / St. Helena, das Spiel ist aus, / ein Kaiser schaut aufs Meer hinaus / und denkt daran, / dass es sich nie mehr ändern kann.«

Goethe immerhin taucht nicht nur bei France Gall auf, sondern gelangte auch dank Rudi Carrell zu Hitparadenehren: »Goethe war gut, / Mann, der konnte reimen, / wenn ich es versuch', / schwitz' ich Wasser und Blut.« Der Ordnung halber sei erwähnt, dass selbst ein gestandener Philosoph wie Arthur Schopenhauer nicht minder gestandenen Schlagertextern in den Sinn kam, wenngleich Dorthe Kollos Anstrengung, dem Werk Schopenhauers nicht in Gänze gerecht wird: »Ein ganz Schlauer / war Herr Schopenhauer, / aber auf die Dauer / war er viel zu hoch für mich. / Was er dachte / und mit Köpfchen machte, / ist, was man mit viel Verdruss / in der Schule lernen muss. / Doch am meisten lernte ich / bei deinem ersten Kuss. / Doch am meisten lernte ich / bei deinem ersten Kuss.« Schlager, die sich mit Hegel oder Heidegger befassen, kenne ich nicht.

Je näher man der Gegenwartsphilosophie und -dichtung rückt, desto unwahrscheinlicher, dass deren Vertreter besungen werden. Fehlanzeige also, wenn man nach Hannah-Arendt-, Slavoj-Žižek- oder Peter-Sloterdijk-Songs sucht. Nobelpreisträger Heinrich Böll wenigstens brachte es in Volker Lechtenbrinks

Zuwendungsschnulze »Ich mag« zu einer Erwähnung am Rande: »Ich mag Whiskey ohne Eis, / Böll, der so viel weiß«. Solche Würdigungen wurden Maxim Biller, Juli Zeh oder Bodo Kirchhoff bislang nicht zuteil.

Zu c): Interessanter wird es, wenn sich Schlager und Popsongs darum bemühen, das Lesen und Schreiben selbst zu thematisieren. Daraus entsteht nicht selten ein metaphorischer Überschwang – etwa wenn auf die Flüchtigkeit des Geschriebenen verwiesen wird. Pat Boones »Love Letters in the Sand« ist so ein Beispiel. Es erzählt vom Herzeleid, symbolisiert an dem, was die Meereswellen mit den in den Sand geschriebenen Liebesschwüren anrichten: »How you laughed when I cried / Each time I saw the tide / Take our love letters from the sand«.

Gern genommen wird der in der Weltliteratur verbreitete Unsagbarkeitstopos, der beklagt, dass das Geschriebene, Gesungene oder Gemalte stets hinter dem Gefühlten hinterherhinke. Peter Maffays »Ein Bild kann nicht lachen so wie du« erzählt davon, Betty Carters »I could write a Book« auch, wenngleich es beim konjunktivischen Vorhaben bleibt, da der Buchinhalt sehr überschaubar wäre: »And the simple secret of the plot / Is just to tell them that I love you, a lot«.

Am schönsten hat dieses Dilemma Udo Jürgens beziehungsweise sein Texter Wolfgang Hofer gelöst, in »Ich schrieb nie ein Lied für Karin«. Es handelt von einer Verflossenen, Karin, die im Werk des Sängers nie vorkam. Ein Versäumnis, dass nun nachgeholt werden soll in der Imagination, wie dieses Lied geklungen hätte, wenn es denn geschrieben worden wäre. Denn was wir gerade hören – »Ich schrieb nie ein Lied für Karin« –, ist nicht das Lied für Karin. Wie dieses nicht geschriebene Lied wirklich klänge, wissen wir nicht, und wir werden es nie wissen: »Dieses Lied, das es nie gab, / könnt' heut' mein schönstes sein.«

Am tiefgründigsten hat, so scheint es, Daliah Lavi mit diesen vielfältigen Motiven gearbeitet: Ihr »Wär' ich ein Buch« (Text: Miriam Frances), eine Coverversion von Gordon Lightfoots »If you could read my Mind«, findet treffliche Bilder für die Analogie, die den Menschen als ein zu lesendes Buch sieht: »Wär' ich ein Buch zum Lesen, / welche Art von Buch wär ich? / Eins, das noch nie dagewesen, / wäre ich ein Buch für dich? / Oder legtest du nach dem ersten Satz / die Story aus der Hand? / Ein ungelesener Band, / der dir niemals am Herzen liegt, / weil sein Papier mehr als der Inhalt wiegt? / Wär' ich ein Buch im Leben, / würdest du mein Leser sein? / Gäbe es kein Buch daneben / wäre jede Seite dein. / Bliebest du mir treu bis zum letzten Wort, / wie immer es auch heißt?«

Der beschränkte Umfang des vorliegenden Buches erlaubt es leider nicht, weitere Beispiele aus dieser Untergattung anzuführen. Also kein Wort über das von der früh verstorbenen DDR-Sängerin Arite Mann vorgetragene »Die Liebe ist ein Buch mit sieben Siegeln«. Keines über Bill Ramseys »Ohne Krimi geht die Mimi nie ins Bett« und leider keins über die Beatles und ihren »Paperback Writer«. Dieser hoch realistische Song berichtet von der Verlagssuche mittelloser junger Menschen, die einen hohen Grad an Flexibilität an den Tag legen: »It's a thousand pages, give or take a few / I'll be writing more in a week or two / I could make it longer if you like the style / I can change it 'round / And I wanna be a paperback writer.«

Bücherentsorgung

Als ich ein junger Mensch war und damit begann, mein durch das Austragen des *Evangelischen Gemeindeblattes* vermehrtes Taschengeld in Bücher zu investieren, rechnete ich gern hoch, wie umfangreich meine Bibliothek in zwanzig Jahren sein würde. Ich war von diesem Entwicklungspotenzial beeindruckt und erfreute mich im Vorhinein an dem Gedanken, Herr einer imposanten Sammlung zu werden. Niemals wäre es mir in den Sinn gekommen, ein Mensch könne jemals ein Übermaß an Büchern besitzen und dieses Reichtums womöglich überdrüssig werden.

Diese Haltung habe ich mir bis heute bewahrt, obschon sie – etwa bei der Wohnungssuche – häufig zu erheblichen Problemen führte; Dachgeschossetablissements mit schrägen Wänden kommen für mich seit vielen Jahren nicht mehr infrage. Wer wie ich Bücher mit Stolz anhäuft und zärtlich über ihre gut geformten Rücken streicht, wird irgendwann mit dem Problem ihrer etwaigen Entsorgung konfrontiert. Ist es wirklich notwendig, allen Büchern, die je in meinen Besitz gelangten, ein Dauerasyl in meinen vier Wänden einzuräumen? Warum darf Svende Merians *Der Tod des Märchenprinzen* bleiben, warum die einst so beliebten Reden des Südseehäuptlings Papalagi, warum Isabel Hörmanns *Quo vadis, Superweib?*, Uwe Seelers *Danke, Fußball!* oder Nicolaus Sombarts *Über die schöne Frau*?

Ich weiß es nicht. Tief in mir sehe ich selbst die entlegensten akademischen Studien (Rolf Zuberbühlers *»Ja, Luise, die Kreatur«. Zur Bedeutung der Neufundländer in Fontanes Romanen*!) und die verworrensten Epen als Wegmarken meiner Biographie, und der Entschluss, mich von einem dieser Mosaiksteine zu trennen, erschiene mir als gemeine, unverantwortbare Selbstverstümmelung. Ein Beispiel: Den köstlichen Internatsromans *Immer dieser Fredy!*, den der leider vergessene englische Autor Anthony Buckeridge schrieb, werde ich vermutlich nie wieder lesen. Doch wie furchtbar wäre es, in mein Belletristikregal plötzlich eine klaffende Lücke zu reißen, zwischen Hans Christoph Buch und Georg Büchner! Und wie erlangte ich Sicherheit, meine ausrangierten Buckeridge-Bände in guten Händen zu wissen?

Andere Menschen sehen das anders: Mit Argwohn lese ich, wie die amerikanische Drehbuchautorin Helene Hanff Hand an ihre Bestände legte: »Jedes Jahr im Frühjahr mache ich Bücher-Großputz und werfe die hinaus, die ich nie wieder lesen werde, so wie ich alte Kleider, die ich nie wieder tragen werde, wegwerfe.« Mit Groll höre ich pragmatisch veranlagten Zeitgenossen zu, die ein Nullsummenspiel betreiben und für jedes neu angeschaffte Buch eines aus dem Haus tragen, ins Antiquariat, zur Diakonie oder zu Ebay. Und mit Ekel wende ich mich von Frauen ab, die in ihren Wohnzimmern partout keine Buchregale dulden – »So viele Bücher erdrücken mich« – und stattdessen sturzhässliche Vitrinen oder Sideboards aufstellen. Nein, damit will ich nichts zu tun haben, und selbst meiner eigenen Frau begegne ich mit Skepsis, seitdem sie mit merkwürdig glücklichem Gesichtsausdruck Kartons mit Kriminalromanen auffüllt, die sie »nie wieder« lesen werde, und diese einem uns persönlich völlig unbekannten Antiquar für einen lächerlichen Betrag in die Hand drückt.

Ich kann mich nicht von Büchern trennen, und selbst wenn ich diese Absicht hegen würde, fiele es mir schwer, eine halbwegs erträgliche Methode der Entsorgung zu wählen. Der österreichische Schriftsteller Alfred Polgar kannte dieses ethische Dilemma und fand, zumindest für eine seiner literarischen Figuren, eine zumutbare Lösung: »Bücher auf gute Art loszuwerden ist ein schwieriges Problem. Manchmal vergesse ich eines absichtlich in der Straßenbahn. Oder auf einer Bank im Stadtpark. Lieber im Stadtpark. Eine schnöde Haltung, nicht? Mir ist auch immer ein bisschen flau dabei zumute. Als beginge ich eine Sünde wider den Geist.«

Alfred Polgars elegante Art, gleichsam zufällig ein nicht mehr benötigtes Buch zu »vergessen«, mag man tolerieren. Alle anderen Wege erscheinen mir seltsam unzivilisiert und Verachtung zu verdienen. Oder würden Sie leichten Herzens, ihre Reclam-Ausgabe von Schillers *Räubern* in den Hausmüll zu Cornflakestüten und Käserinden geben, nur weil sie die Schiller-Ausgabe des Aufbau-Verlags besitzen und deshalb genug *Räuber* im Haus haben? Oder fiele es Ihnen leichter, ökologisches Bewusstsein zu zeigen und die einst begierig angeschaffte Sekundärliteratur zu Christa Wolfs *Kassandra* in den Altpapiercontainer zu werfen? Dorthin, wo Ikea-Kartonagen darauf warten, dem normalen Müll zugeführt zu werden?

Immerhin – das sei am Rande erwähnt – lassen sich deshalb in solchen Containern erstaunliche Funde machen. Arno Geiger hat in seinem Buch *Das glückliche Geheimnis* davon erzählt, wie er über Jahre hinweg still und heimlich in Wiener Papiercontainer kletterte und manchmal Objekte – aus den Wiener Werkstätten etwa – hervorkramte, die sein Bankkonto merklich aufbesserten.

Wegwerfen, zerreißen, schreddern, verbrennen, zerschneiden – keiner dieser Vorgänge erscheint akzeptabel, und nicht zufällig kochte der bibliophile Volkszorn hoch, als der *Spiegel* auf seinem Cover einst Marcel Reich-Ranicki zeigte, der ein Buch von Günter Grass zerreißt. Und auch wenn Denis Scheck in seiner Sendung *Druckfrisch* nicht wirklich gelungene Bücher kurzerhand ins Jenseits befördert, gibt mir dies einen Stich – sogar bei Martin Suters Schweinsteiger-Roman *Einer von euch*.

Das alles mag altmodisch klingen und kennzeichnet mich als wertkonservativen Traditionalisten, der nicht loslassen kann und sein kümmerliches irdisches Dasein an Besitz kettet. Unsere Ex-und-hopp-Gesellschaft setzt andere Prioritäten, das ist mir bekannt, und wahrscheinlich entstand diese mir so fremde Haltung zu einer Zeit, als das »Lean Management« aufkam und sich mit esoterischem Gesäusel wie »Man muss sich von allem trennen, um innerlich frei zu werden« auf schreckliche Weise verband. Warum auch sollte man bei ständig steigenden Scheidungsquoten Bücher ein Leben lang hegen und ihnen Treue entgegenbringen?

Diese persönlichen Betrachtungen täuschen nicht darüber hinweg, dass es zu viele Bücher gibt. Seit der im 18. Jahrhundert aufkommenden »Lesewut« gehört es zum festen Bestandteil kulturkritischer Äußerungen, sich über die sinnlos zunehmende Produktion zunehmend sinnloser Bücher zu beschweren. Niedergang ist überall, und so finden sich in jeder Epoche Stimmen, die eine Reduktion der Bücherherstellung fordern. Rund 90 000 Titel, sagt man, erscheinen allein in Deutschland Jahr für Jahr, und jede Buchmesse zeugt auf nicht immer schöne Weise davon, dass das Verfassen von Druckschriften auch in Zeiten des Internets nichts an Attraktivität verloren hat. Wer schreibt, bleibt – und sei es nur einen Sommer lang.

Vor allem in ökonomisch schwierigen Zeiten gehen die deutschen Verleger in sich und erklären mit feierlicher Miene, die Titelzahl in ihren Häusern drastisch zu senken. So richtig zu merken ist diese Programmpolitik dann eigentlich nie, und so haben wir kurz darauf, ehe man sichs versieht, wieder einmal 90 000 frische Bücher auf dem Markt. Deren Verweildauer im Sortiment nimmt rapide ab, und nach drei, vier Monaten begehrt der Buchhändler, seine gerade aufgefüllten Regale wieder zu leeren und die meist noch eingeschweißten Novitäten zu remittieren. So werden Romane, an denen ästhetisch feinsinnige Autoren jahrelang feilten, binnen kürzester Zeit zu Ladenhütern, die verramscht oder – welch schreckliches Wort! – makuliert werden.

Zwar dürfen Schriftsteller, wenn sie Glück haben, mittels Stipendien, Stadtschreiberposten oder Preisen weiterhin ihren Beruf ausüben. Auf Leser freilich müssen sie meist verzichten. Romane kommen und gehen in immer schnelleren Abständen, und kaum einer nimmt von diesem Kommen und Gehen Notiz. Es genügt, einen Blick auf die belletristischen Novitäten des Jahres 1995 zu werfen, um zu sehen, wie schnell vergessen ist, was in Dichterstuben geschrieben und in Verlagszimmern auf den Weg gebracht wurde. Nichts bleibt von diesen Büchern, und nur gütige Menschen wie ich räumen ihnen ein Verweilrecht in der häuslichen Bibliothek ein.

Die Bücherberge wachsen, und so nimmt es nicht wunder, dass auch die Verantwortlichen in öffentlichen Bibliotheken Maßnahmen ergreifen, ihren kostbaren Lagerraum freizuschaufeln. Für Aufsehen sorgte vor einiger Zeit Andreas Anderhub, damals Direktor der Mainzer Universitätsbibliothek, als er anregte, vermeintlich überflüssige Titel seiner Sammlung für die Entsorgung vorzuschlagen. Dem Mainzer Großreinemachen sollten, so das Ausscheidungskriterium, alle vor 1990 erschienenen Bücher zum Opfer fallen, die während der letzten 15 Jahre vergeblich auf studentisches oder professorales Ausleihbegehren warteten.

Banausen- und Barbarentum warf man dem nüchtern denkenden Direktor Anderhub daraufhin vor, und in der Tat scheinen seine Entsorgungsrichtlinien nicht zu berücksichtigen, dass wissenschaftlicher und literarischer Ruhm nicht selten mit Verzögerung eintreten. Das Nicht-Ausleihen eines Buches gibt keinen definitiven Aufschluss über seine – vielleicht sehr verborgenen – Qualitäten. Ich selbst zum Beispiel setze bis heute fest darauf, dass die erzählerische Kraft meines 1980 erschienenen Prosadebüts *Der Tod der Pferde* demnächst erkannt wird – auch wenn die Ausleihfrequenzen bislang unbefriedigend sein mögen. Immerhin hat die Stadtbücherei meiner Heimatstadt Heilbronn bislang davon Abstand genommen, diese geschliffenen Erzählungen auf dem »Vogelsang« (der städtischen Müllhalde) zu entsorgen. Antiquarisch – das überprüfe ich in regelmäßigen Abständen – ist dieses Debüt zumindest noch erhältlich, wenngleich in seltenen Exemplaren. Zu denken gibt mir, dass vor Kurzem ein von mir signiertes Exemplar vom *Tod der Pferde* billiger als ein unsigniertes zu haben war.

Herr Anderhub hatte sicher seine budgetären und logistischen Gründe, sich für die Entledigung ungeliebter Bestände auszusprechen. Persönlich wollte ich nie mit ihm zu tun haben. Denn es wäre ihm ein Leichtes, meine Regalwände abzuschreiten und mich jene Titel nennen zu lassen, die ich seit fünfzehn Jahren nicht mehr gelesen oder ausschließlich zu Umzugszwecken bewegt habe. Ja, es gibt sie, diese ruhenden Schätze. Claus Mühlfelds *Sprache und Sozialisation* gehört dazu oder Meinrad Inglins *Begräbnis eines Schirmflickers*. Doch wer sagt mir, dass das immer so bleiben wird? Könnte es nicht Revolutionen in meiner geistigen Entwicklung geben, die plötzlich zu ungeahnten

Claus-Mühlfeld- und Meinrad-Inglin-Renaissancen führen? Und was wäre, wenn ich diese Bedürfnisse dann nicht sofort befriedigen könnte? Nein, nein, die beiden Herren behalten ihre Plätze, stets bereit, mich aufs Neue zu locken.

Und nicht zuletzt: Die Lagerhaltung in der Mainzer Universitätsbibliothek muss sich um ästhetische Ansprüche nicht kümmern. Bei mir zu Hause sieht das anders aus: Hier halte ich es wieder mit Alfred Polgar, der wusste, was einen Bibliophilen freut: »Immerhin sind Bücher ein Zimmerschmuck. Gern genießt das Auge die Exaktheit ihrer ausgerichteten Linien und erfreut sich der Farbigkeit der Trachten. Am linken Flügel die Großen, am rechten die Kleinen, gestellt zum Parademarsch des Geistes. Wie glänzend die Fähnchen der gesammelten Werke! Wie bunt und malerisch abgerissen das Gewimmel des broschierten Volks!«

Wie Bücher in umfangreichen Privatbibliotheken zu ordnen seien, bleibt eine Frage, auf die es keine eindeutige Antwort gibt. Ist das Alphabet entscheidend, oder empfiehlt es sich, den Besitz nach Nationalliteraturen auszurichten? Der im Frühjahr 2023 jäh verstorbene Rechtsanwalt, Bücherliebhaber, Rezitator und Nachlassverwalter Joachim Kersten, dessen Bibliothek zuletzt über 35 000 Titel umfasst haben soll, entschied sich für ein anderes System, wie er 1997 in seinen unter dem Pseudonym Georg Eyring veröffentlichten Aufzeichnungen *Lose Blätter. Aus dem Tagebuch eines Büchernarren* festhielt: »Mein Prinzip, die Literatur nach den Geburtsdaten der Autoren chronologisch zu stellen, ist zwar das sinn-, aber auch das mühevollste. Auf der letzten Innenseite des jeweils ersten Bandes werden Geburts- und Todesdaten eingetragen – aber ohne Listen geht es nicht. Schon seit Jahren bin ich dem bei größeren Umwälzungen allein nicht mehr gewachsen.«

Wie immer man es handhabt – bei mir soll, zumindest wenn es um Bücher geht, alles so bleiben, wie es ist. Machen Sie mit Ihren Büchern, was Sie wollen, oder halten Sie es wie Direktor Anderhub. Ich hingegen kaufe mir jetzt gleich ein neues Buch, vielleicht sogar Inga Scheidts *Das magische Aufräumbuch – Loslassen, Ordnung schaffen, durchatmen*, das mit dem Slogan »das perfekte Geschenk für Alle, die endlich Ordnung schaffen wollen« beworben wird. Irgendwo bringe ich das schon unter. An die darin gegebenen Ratschläge werde ich mich kaum halten.

Bundestagslyrik

Weil es um die Verbreitung der Lyrik so schlecht bestellt ist und weil sich der Glaube hält, dass das Lesen selbiger dem Menschen guttue und ihn irgendwie besser mache, kommt alle Jahre wieder der Gedanke auf, literaturferne Kreise mit ihr zu konfrontieren – die Mitglieder des Deutschen Bundestages zum Beispiel. Der Verleger und Schriftsteller Michael Krüger etwa forderte vor Jahren, jede Sitzung in den heiligen Parlamentshallen mit einer Gedichtrezitation zu beginnen, als läge darin eine läuternde Wirkung, wenn danach über Waffenlieferungen, Tempolimits oder Mietpreisdeckel debattiert wird.

Im Januar 2022 legten Krügers Kollegen Mithu Sanyal, Simone Buchholz und Dmitrij Kapitelman nach und regten an, den Posten eines Parlamentspoeten zu schaffen, um die »Politik poetischer und die Poesie politischer« zu machen. Wie nicht anders zu erwarten, wurde dieser Vorschlag aus dem Winterloch landauf, landab kommentiert. Bundestagsvizepräsidentin Katrin Göring-Eckardt sah darin prompt einen »tollen Vorschlag«, der geeignet sei, einen »neuen diskursiven Raum zwischen Parlament und lebendiger Sprache zu öffnen«. Vier Wochen später redete niemand mehr davon, und wir halten uns stattdessen an Johann Wolfgang von Goethe: »Man sollte alle Tage wenigstens ein kleines Lied hören, ein gutes Gedicht lesen, ein treffliches Gemälde sehen und, wenn es möglich zu machen wäre, einige vernünftige Worte sprechen.«

Apropos Goethe: Immerhin lassen sich im Bundestag durchaus literarische Lesefrüchte ernten. 2019 durchforstete *ZEIT ONLINE* in mühsamer Kleinarbeit die Reden der vorangegangenen siebzig Jahre und kam zu der wenig überraschenden Erkenntnis, dass Goethe die Hitliste der zitierten Dichterinnen und Dichter anführt. 584 Mal sei der Weimarer erwähnt worden. 2018 wollte der belesene CDU-Abgeordnete Matthias Zimmer einen draufsetzen und reagierte auf einen Vorredner so: »Es hat mich aber an einen Spruch von Hölderlin erinnert, der da lautet: ›Es tönt hohl im innersten Hain‹.« Leider ist der Forschung dieser Hölderlin-Vers unbekannt. Für andere Reden – das sei nicht verschwiegen – heimste Zimmer dagegen Lob vom Parlamentsbeobachter Roger Willemsen ein.

Cover

Irgendwie müssen Bücher aussehen. Das Cover soll die Sache richten, vor allem wenn dem Inhalt nicht zu trauen ist. Natürlich gibt es da Unterschiede: Für die ehrwürdige *Zeitschrift für celtische Philologie* braucht sich der Verlag de Gruyter kein Bein auszureißen und kann, ohne deswegen Umsatzeinbußen zu befürchten, auf ein gleichbleibendes, schlichtes Outfit vertrauen.

Diffiziler wird es, wenn es um den richtigen Umschlag für populäre Belletristik- oder Sachbuchtitel geht, wenn über die Verkäuflichkeit und Attraktivität einer Gestaltung gesprochen wird und wenn alle, schlichtweg alle, sich berufen fühlen, ein kompetentes Geschmacksurteil abzugeben.

Zu grell, zu dunkel, zu fad, zu plump, zu kitschig, zu nichtssagend, zu kompliziert … zu groß der Untertitel, zu unlesbar der Autorname, zu winzig das Verlagslogo … zu cremig, zu milchig, zu soßig, zu grün, zu rot, zu schwarz, zu manieriert und überhaupt ganz misslungen – so lässt sich trefflich über Umschlagmotive debattieren. Der schlichte Zuruf »Find ich nicht gut« bringt Verlagskonferenzen durcheinander, besonders wenn ein für seine ästhetischen Urteile gefürchteter Kollege mit einem erhitzten »Nein, das ist subtil, das gibt den Tenor dieser Prosa genau wieder« kontert.

Und überhaupt: Blaue Umschläge seien, so eine Verlagsvertreterin, grundsätzlich schlecht, zu kalt und kühl, mit blauen Covern stehe man auf verlorenem Posten. Und mit Messern, so der Marketingleiter, habe er nur schlechte Erfahrungen gemacht. Ein Skalpell, eine Säge, das gehe vielleicht, aber Messer auf keinen Fall. Solche Diskussionen können Stunden dauern, bis einer am Rande der Erschöpfung ausruft: »Warum keine Schriftlösung? So wie damals bei den Simmel-Bestsellern, erinnert ihr euch?«

Auch Buchcover unterliegen Moden, und so wiederholen sich Motive, die in den Saisons davor erfolgreich waren. »Frau lehnt versonnen an Birke (oder umgekehrt)«, »Frau von hinten fotografiert, in irgendwie nachdenklicher Haltung«, »Einsamer Junge vor Wasser«, »Pferd aus der Ferne aufgenommen« …

manchmal sind Kopplungen möglich, also Frauen auf Pferden oder Pferde vor Wasser. Die Möglichkeiten sind unbegrenzt, Hauptsache, die Anmutung stimmt.

Wenn ein Titel schließlich floppt, liegt das selten am Inhalt und fast immer am Cover. Das Gegenteil lässt sich ja im Nachhinein nie beweisen. Ab und zu gibt es interessante Experimente dazu, wie damals bei Stephen Kings *Das Mädchen*, das gleichzeitig mit einem weißen und mit einem schwarzen Umschlag erschien. Der schwarze hat sich, wenn ich mich recht entsinne, besser verkauft, sah irgendwie stephen-king-mäßiger aus. Buchhändlerinnen und Buchhändler werden öfter als Testpersonen herangezogen und sollen vorab ihre Einschätzungen zum Besten geben. Die Geschmäcker freilich gehen auch in dieser Berufsgruppe auseinander.

Autorinnen und Autoren sind in Coverfragen selten eine wirkliche Hilfe. Natürlich lässt man sie wohl oder übel mitreden, doch wenn sie selbst Vorschläge machen, sind diese mit Vorsicht zu genießen. Manche Autoren zeichnen zum Beispiel gern oder interessieren sich für kreolische Wandmalereien, oder sie haben Lebenspartner, die gern zeichnen oder sich für kreolische Wandmalereien interessieren. Folglich denken sie, dass es schön wäre, wenn es auf dem Umschlag ihres Romans etwas Selbstgezeichnetes oder etwas Kreolisches gäbe. Sie erklären sich sofort bereit, Dutzende von sehr passenden Motiven einzureichen, Selbstgezeichnetes oder Kreolisches, Sie wissen schon.

Fotos der Verfasser tauchen auf Umschlägen auf, wenn man von Prominenz, TV-Prominenz meistens, ausgehen darf. Dann sehen wir die Gesichter von Dagmar Berghoff, Joachim Gauck, Gregor Gysi, Mary Roos, Johann Lafer, Boris Becker, Constantin Schreiber, Roland Kaiser, Margot Käßmann oder Sven Plöger auf den Büchertischen und sollen dadurch zum Kauf animiert werden. Eine Rechnung, die nicht immer aufgeht.

Danksagung

Der französische Literaturwissenschaftler Gérard Genette öffnete vor geraumer Zeit vielen Leserinnen und Lesern die Augen, als er darauf hinwies, wie erhellend es ist, sich in einem Roman oder Gedichtband nicht nur auf den »Haupttext« zu konzentrieren. Lohnend sei es allemal, auf das Drumherum zu achten und jene garnierenden, meist kurzen Partien – von Genette allgemein »Paratexte« genannt – zu studieren, die die Rezeption eines Buches nicht minder steuern als der »eigentliche« Inhalt.

Als Untergruppe der Paratexte führt Genette die »Peritexte« an, die als vom Autor verfasste Stücke unmittelbar mit dem Haupttext verbunden sind. Dazu zählen Mottos, Vorworte, Widmungen oder Danksagungen. All diese Peritexte sagen einiges über die Verfasser aus, aber auch über die sich verändernden Attitüden ganzer Epochen. Bei Motto und Widmung, so will es scheinen, hat sich in den letzten Jahren wenig getan.

Interessanterweise stellt mittlerweile die Danksagung die florierendste Paratext-Sorte dar. Gérard Genette hätte seine helle Freude daran gehabt. Zielte der gedruckte Dank früher vor allem darauf ab, finanziellen Förderern, wissenschaftlichen Ratgebern, der geduldigen Familie oder, wenn es sein musste, dem Lektorat zu huldigen, so hat dieser sich mittlerweile verselbstständigt und unangenehm ausgeweitet, ist zu einem Stück devoter Prosa geworden, das einem die Freude am zuvor Gelesenen vergällen kann.

Um nicht missverstanden zu werden: Nichts ist gegen wohlerzogene Menschen zu sagen, die zu einem aufrichtigen Dankeschön fähig sind und alle ihnen widerfahrene Unterstützung nicht unerwähnt lassen wollen. Schon meine Mutter hielt mich einst nach Weihnachten dazu an, allen Tanten und Großeltern ein handschriftliches Briefchen zukommen zu lassen. Das war lästig, gab mir aber ein gutes Gefühl.

Die aktuell so aufgeblähten Danksagungen haben jedoch jede edle Anmutung verloren und triefen vor Selbstbeweihräucherung und Anbiederung. Auf drei, vier Seiten oft wird da ausgebreitet, wer und was dem

Autor nach Verlassen der Kita half, das vorliegende Werk zu vollenden. Ohne Legionen von Unterstützern hätte es – so der neue Topos – selbstredend nie geschrieben werden können.

Quelle des Unheils scheint wieder einmal die angloamerikanische Literatur zu sein, wo der beträchtliche Umfang mancher Romane einiges mit ihren ausufernden Danksagungen zu tun hat. Ein paar eher wahllos herausgepickte Beispiele: Tayari Jones schafft es (in *In guten wie in schlechten Tagen*), auf anderthalb Seiten gleich fünfzig Menschen zu benennen, denen sie Dank schuldet. Darunter ihre »brillante« Lektorin, die dieses Hammerlob einheimst: »Nicht einmal Dante war mit einem so charmanten und fähigen Vergil gesegnet.«

Noch mehr hat der Australier Trent Dalton (in *Der Junge, der das Universum verschlang*) auf der Pfanne, der in seinem zudem mit einem Motto versehenen »Dank« knapp sechzig Namen auflistet, die ich – das mag mein Fehler sein – fast alle nicht kenne. Laila Lalami (in *Die Anderen*) fasst sich kürzer, hat dafür aber Außergewöhnliches zu bieten. Sie dankt den Park Rangers im Joshua Tree National Park, die sie »an ihrem Wissen über die Fauna und Flora der Mojave teilhaben« ließen. Mary Beth Keane hingegen wäre (in *Wenn du mich heute wieder fragen würdest*) nicht vorangekommen ohne eine Gewährsfrau, die ihr »Einblicke« bot »in die Regeln der Disziplinarverfahren des NYPD, wenn es sich um einen Polizisten mit einem psychischen Gesundheitsproblem handelt«. So auffällig wie ungerecht ist es bei all diesen wortreichen Bekundungen, dass sich bei Wikipedia fast keiner bedankt.

Was Autoren in den USA, Australien oder Großbritannien vormachen, hat auch unsere Breiten erreicht. Gewiss, es gibt sie noch, die Zurückhaltenden wie Deniz Ohde oder Jan Peter Bremer, die in ihren Büchern schönerweise keiner Menschenseele danken. Doch immer häufiger finden sich hierzulande jene Formen einer schwer erträglichen Dankesgeschwätzigkeit. Nennen wir ein paar Schuldige beim Namen, zumal nicht überall so viel kokettes Understatement wie in Ulrike Draesners *Schwitters* waltet: »So mancher hat mir dabei geholfen, dieses Buch zu verfassen. Einige sind zu illuster, um hier erwähnt zu werden, oder bereits verstorben.«

Debütant Leander Fischer (in *Die Forelle*) bringt es auf achtzig Zeilen Dank und nennt rund vierzig Einzelempfänger, darunter offenkundig alle, die jeweils einen Fuß in seinen Göttinger Verlag gesetzt haben. Diese Anschwellung bringt es mit sich, dass sprachlich kaum Originalität waltet. Wendungen wie »Danke für alles« oder »ein riesiges Dankeschön« befriedigen auf Dauer nicht. Pfiffiger hingegen seine Kollegin Nora Gantenbrink (in *Dad*), die zwar an dieser Stelle auch zu leichter Redseligkeit tendiert, aber immerhin nicht vergisst, den ihr Schreiben voranbringenden Getränken wie Bourbon oder Wodka Dank abzustatten. Auch ihr bester Freund bleibt nicht unerwähnt und erhält einen wichtigen Hinweis: »Aber bitte schick mir keine gerahmten Nacktfotos mehr von dir zum Geburtstag«.

Benjamin Quaderer und sein Debüt *Für immer die Alpen* wollen wir nicht übergehen. Seine Dankesworte bewegen sich im Rahmen des inzwischen Üblichen und gelten sogar Twitter »für Austausch und Zerstreuung«. Interessanter ist der »Rechtliche Hinweis« (auch das ein Paratext!), mit dem Quaderer kurz vor dem Impressum schließt. Dreißig eng bedruckte Zeilen werden dabei bemüht, die letztlich nur die Binsenweisheit »Dieses Buch ist ein Roman« erhärten sollen. Einen Satz wie »Alle im Roman auftretenden Personen sind durch die künstlerisch-ästhetische Gestaltung des Stoffs und die Ein- und Unterordnung in den Gesamtorganismus des Romans so verselbstständigt, dass das Individuelle, Persönlich-Intime zugunsten des Allgemeinen, Zeichenhaften der Figuren objektiviert ist« würde ich nie vergessen, wenn ich ihn mir merken könnte. Der Paratext »Rechtlicher Hinweis« empfiehlt sich offensichtlich für eine eigenständige Betrachtung. Ich bleibe am Ball.

Hätte es uns Gérard Genette nicht beigebracht, so ließe sich allein an den Novitäten der letzten Zeit erkennen, was Art und Stil der Danksagungen über die

Werke und ihre Verfasser verraten. Mein Lieblingsbeispiel zuletzt: Bei Takis Würgers mit guten Gründen gescholtenem Roman *Stella* hätte ein Blick auf die letzten Seiten genügt, um Verdacht zu schöpfen. Allen möglichen Menschen dankt Würger en détail in einem Tonfall, der von Zeile zu Zeile penetranter wird. Sein »Dieses Buch ist das Werk eines Kollektivs«, das versucht die Schuld auf mehrere Schultern zu verteilen, ließe sich noch ertragen. Die sich anschließenden Huldigungen an die »Teufelskerle« im Verlag und an seinen Leiter führen jedoch auf eine Schleimspur, die man zu gern meiden möchte, und wenn zuletzt das Sortiment gebauchpinselt wird (»Ohne Buchhändler würde es dieses Buch nicht geben«), weiß man, welchen Autorentypus man vor sich hat.

Takis Würgers auf *Stella* folgendes Buch erschien übrigens nicht mehr in seinem alten, gerade noch so gefeierten Verlag. Die Danksagung darin fällt geradezu spärlich aus. Das gibt Hoffnung.

P. S. Ohne meine Mutter wäre dieser Text nie entstanden – danke!

Duden

Wer auf den Geschmack gekommen ist, wird davon nicht mehr lassen. Wo die Lektüre von dicken Romanen Mühsal bereitet und man bisweilen nach den ersten Seiten vorhersieht, was in den nächsten Kapiteln passieren wird, stecken Wörterbücher voller Überraschungen und laden dazu ein, von einem Buchstaben zum anderen zu springen, sich zu wundern, den Kopf zu schütteln, begeistert aufzulachen oder gar an sich selbst zu zweifeln. Ehrlich gesagt rezensiere ich viel lieber Wörterbücher als sich oft ähnelnde amerikanische Familiensagas, und so möchte ich Ihnen den neuen Duden vorstellen, der alle Lektürefreuden bereithält und zum Nachdenken anregt.

Lassen Sie mich genau sein: Ich spreche von der aktuellen, der 28. Auflage des *Duden. Die deutsche Rechtschreibung* aus dem Jahr 2020, die sich – so die Eigenwerbung – als das »umfassende Standardwerk« versteht. Die Auflage davor kam 2015 heraus, und doch hat sich in diesem kleinen Zeitraum so viel getan, dass der deutsche Wortschatz markante Erweiterungen (und Verluste) erfahren hat.

1880 erschien Konrad Dudens erstes Wörterbuch, das sich bald zu einer starken Marke entwickelte und für etliche Generationen zum verbindlichen Nachschlagewerk wurde. 1996 freilich büßte der Duden im Zuge der heftig umstrittenen Rechtschreibreform sein Monopol ein. Grundlage der Orthographie ist seitdem das vom Rat für deutsche Rechtschreibung herausgegebene amtliche Regelwerk, das die Norm fixiert. Dessen ungeachtet gilt der Duden bis heute als Instanz und unentbehrlicher Ratgeber in Büros, Schulen und Redaktionen. Seine aktuelle Auflage ist die umfangreichste, die es je gab – mit knapp 1300 Seiten und 148 000 Stichwörtern. Basierend auf einem immensen Textkorpus, prüft die Duden-Redaktion ständig, wie sich der allgemeine Sprachgebrauch verändert, welche neuen Wörter sie aufnimmt und welche nach und nach weichen müssen.

Die Bemühungen der Redaktion werden oft missverstanden. Sie wird angegriffen, weil sie sich zu wenig für ein »gutes«, ein vermeintlich »richtiges« Deutsch einsetze, zu wenig normiere (beispielsweise den Dativ nach »wegen« toleriere) und viel zu viele Anglizismen dudensalonfähig mache. Solche Anfeindungen verkennen, dass sich Sprache permanent wandelt und sich unberührt von puristischen Vorstellungen ihren Weg bahnt. Dennoch führt ein Streifzug durch den Duden dazu, dass man nicht nur Bewunderung empfindet, sondern etliches als dubios oder unsinnig erachtet und sich mitunter sogar fragt, welche Lücken der zugrunde liegende Korpus aufweist.

3000 neue Lemmata findet sich in der Neuauflage; 300 mussten das Schlimmste erdulden, was einem Wort widerfahren kann: Sie wurden gestrichen und somit als nicht mehr relevant angesehen. Viele der Neuaufnahmen verdanken sich den rasanten technischen Entwicklungen und fügen dem Wortschatz vor allem Anglizismen aus der globalisierten IT-Welt hinzu. Die Klimadebatten und die Corona-Pandemie haben zudem binnen weniger Monate Neues hinzugefügt. So halten »Flugscham«, »Lockdown«, »Homeschooling« und »Social Distancing« Einzug, wohingegen die »Niesetikette« unberücksichtigt blieb.

Die Neuaufnahmen stammen aus unterschiedlichsten Lebensbereichen, und so zählen ab sofort »Bartöl«, »Katzenvideo«, »MeToo«, »Convenience-Food«, »Abbiegeassistent«, »Thermomix« oder der Sommercocktail »Hugo« zum vom Duden abgesegneten Thesaurus. Manchmal indes scheint es so, als habe die Redaktion das eine oder andere verschlafen, denn dass das allen Familien auf Reisen seit jeher geläufige »Zustellbett« erst jetzt seine Premiere feiert, ist rätselhaft. Überhaupt wäre es ratsam, die gelegentlich gegebenen Bedeutungshinweise zu aktualisieren oder zu korrigieren. Das Verb »daddeln« mit »am Spielautomaten spielen« zu erklären ist hoffnungslos veraltet, und wer aus Süddeutschland stammt, wird die Maultaschen-Definition »schwäbische Pastetchen aus Nudelteig« nicht akzeptieren.

Heikler steht es um die Ausschlussentscheidungen, wo Willkür an allen Ecken und Enden waltet. Ja, »Kabelnachricht« oder »Fernsprechanschluss« sind aus der Mode gekommen, doch warum erhalten »Kaltmamsell«, »fürwahr«, »knorke«, »Fiduz«, »Danaidenfass«, »Revolverblatt« oder der Ausruf »Ei der Daus!« ein Gnadenbrot? Und weshalb um alles in der

Welt muss die »Standesehre« (anders als der »Raugraf«) weichen? (Dass sich der Online-Duden großzügiger zeigt und die »Standesehre« etwa nicht ignoriert, ist schön, aber nicht recht nachzuvollziehen.)

Verständlicherweise muss sich der Rechtschreib-Duden bei Fach- und Sondersprachen zurückhalten. Doch sobald diese Popularität genießen, dürfen ihre wichtigsten Vokabeln nicht fehlen. So ist die ungemein kreative Fußballsprache eher schwach und dann gern mit historischen Beispielen wie »Bananenflanke« vertreten. Zwar ist der »Videobeweis« hinzugekommen, doch vergeblich sucht man »Rudelbildung«, »Coaching-Zone«, »Aluminiumtreffer« oder »Direktabnahme«. Gleiches gilt für das Feld der Sexualität und ihrer Praktiken. Hier regiert im Duden eine seltsame Prüderie, die an dem vorbeigeht, was praktiziert wird, was sprachlich gang und gäbe ist. »BDSM«, »abspritzen«, »rannehmen«, »Doggystyle«, »Schwanzlutscher« oder »Milf« – nichts davon im (gedruckten) Duden, während das gute, alte »Petting« und das selten gewordene Adjektiv »barbrüstig« ihren Eintrag behalten.

Sprache wurde zuletzt häufig Gegenstand ideologischer Auseinandersetzungen, bei denen linguistische Argumente selten eine Rolle spielten. Kein Wunder also, dass der Duden reagiert – in den dem Wörterverzeichnis vorangestellten dreiseitigen Anmerkungen zum »geschlechtergerechten Sprachgebrauch«. Diese Ausführungen, die sogar das Grundgesetz der Bundesrepublik Deutschland bemühen, sind ein Eiertanz par excellence und gehen deutlich über das hinaus, was man von Wörterbuchmachern, nein, von: Wörterbuchmacherinnen und Wörterbuchmachern erwartet. So raten diese dazu, statt der maskulinen Form »Rat des Arztes« die »geschlechtergerechte« Wendung »ärztlicher Rat« zu benutzen. Immerhin zeigt die Redaktion an einer Stelle klare Kante, wenn es beim Thema »Genderstern«, »Gender-Gap« und »Binnen-I« unmissverständlich heißt, dass diese Schreibweisen vom »amtlichen Regelwerk nicht abgedeckt« seien. Schade, dass sich Behörden, Universitäten und Redaktionen vielerorts darum keinen Deut scheren und in vorauseilendem Eifer die Wortbildungslehre aktiv umschreiben wollen.

Der Duden soll Neutralität wahren, sich von selbsternannten Puristen nicht beeinflussen lassen und den aktuellen Gebrauch dokumentieren, wie »fehlerhaft« oder »unschön« er sein mag. Die Neuauflage von 2020 folgt dieser Maßgabe nicht immer und erliegt der Versuchung, den Forderungen nach sprachlichpolitischer Korrektheit nachzukommen. So finden sich, wie zum Teil schon in der vorangegangenen Auflage, separate Infokästchen, die Warnschilder für die Benutzerinnen und Benutzer aufstellen. »Rasse«, »Neger«, »Behinderter« oder »zwergwüchsig« sind Beispiele, bei denen der Duden aus seiner Rolle fällt. Eigens erweitert wurden folglich die Zusätze, welchem Sprachniveau ein Wort angehört. Wo in der Vergangenheit »umgangssprachlich«, »gehoben«, »veraltet«, »abwertend« oder »derb« ausreichten, kommt nun ein »diskriminierend« hinzu – etwa bei »Schickse«, »Flittchen«, »Schlitzauge«, »Kümmeltürke«, »Krüppel« oder »Kanake«, nicht jedoch bei »Itaker« und »Hurenbock«.

Solche Empfehlungen, die sich als Erläuterungen tarnen, gehören nicht zum Aufgabenbereich einer Wörterbuchredaktion. Geradezu absurde Züge nimmt dies an, wenn man unter »Gewohnheitsverbrecher« findet, dass dieses Wort aufgrund seiner »Verwendung in der nationalsozialistischen Rechtssprache« nicht »unüberlegt gebraucht werden« sollte. Und diejenigen, die in geschlechtergerechter Absicht bislang gern den Begriff »Kulturschaffende« verwendeten, erhalten eine historische Belehrung: »ursprünglich nationalsozialistische Bezeichnung für die in der Reichskulturkammer zusammengefassten Angehörigen der freien Berufe«. Dergleichen gehört in Bedeutungswörterbücher oder in Fachaufsätze, nicht jedoch in den Rechtschreib-Duden.

So sorgt dessen Lektüre – was man von belletristischen Texten beileibe nicht immer sagen kann – für Belehrung, Unterhaltung, Widerspruch und Erregung. Zur Ablenkung von Letzterer empfiehlt es sich, wahllos zu blättern und Rührung zu empfinden, dass der Duden gegen allen Sprachgebrauch den Unterschied zwischen »anscheinend« und »scheinbar« aufrechterhalten möchte, dass Schweizer weiterhin »zwei Müsli«, Hamburger hingegen »zwei Müslis« sagen dürfen und die Litfaßsäule (außer in der Schweiz) ihre Schreibung beibehält, weil sie ihren Namen einem Buchdrucker namens Ernst Litfaß verdankt.

Einschlafhilfen

Leiden Sie unter Schlafproblemen? Spüren Sie, wenn Sie nächtens zu Bett gehen, eine bleierne Müdigkeit in Ihren Gliedern und verzweifeln daran, dass Ihr Geist dem Körper nicht folgen mag und stattdessen putzmunter die Herausforderungen des zurückliegenden oder kommenden Tages überdenkt? Schrecken Sie während der Nacht mehrmals hoch, werfen Sie sich hin und her, träumen dummes Zeug und fühlen sich, wenn der Wecker klingelt, wie gerädert und keineswegs gerüstet für den neuen Tag?

Immerhin gibt es, sofern Sie unter all dem leiden, einen schwachen Trost: Sie sind nicht allein. Über ein Viertel allein der Deutschen leidet, so schätzt man, unter (Ein-)Schlafproblemen und sucht Hilfe. Gründe dafür gibt es genug, nicht immer muss es am Klimawandel oder am fehlenden Weltfrieden liegen. Sieht man sich an, was das Internet oder der Ratgeberbuchmarkt an Schlafallheilmitteln präsentieren, so spüren wir, dass es sich offenkundig um eine Volkskrankheit handelt, die sich in den vermeintlich stillen Zeiten der Corona-Lock- und Shutdowns ausgeweitet hat. Das scheinbar Selbstverständliche, der Schlaf, der, so mein Wörterbuch, »der Erholung des Organismus dienende Zustand der Ruhe, der Entspannung, in dem die Augen gewöhnlich geschlossen, das Bewusstsein ausgeschaltet und viele Körperfunktionen herabgesetzt sind«, will sich nicht mehr einstellen. Der alljährlich im März ausgerufene World Sleep Day, der 2023 unter dem Motto »Sleep is Essential for Health« stand, führt eindringlich vor Augen, worum es geht.

Es sind die üblichen Ratschläge, die uns eine von dessen Verantwortlichen, die Schlafforscherin Dr. Lourdes Madeleine DelRosso, mit in die Nacht gibt: keine scharfen Spaghetti con aglio, olio e peperoncino oder fette Schweinshaxen auf dem abendlichen Menüplan, kein ausgiebiger Alkohol-, Koffein- und Nikotingenuss vor dem Einschlafen, ein fester Rhythmus des Zubettgehens und eine gute Durchlüftung der Ruhestätte. Ergänzen ließe sich, dass wir jede Auf- und Erregung zu vermeiden haben – also keine blutrünstigen skandinavischen TV-Krimis, keine Lektüre von Kettensägenthrillern, keine Gedanken an die Schulprobleme der Kinder, die Untreue des Partners oder den dürftigen Rentenbescheid, der im Briefkasten lag.

All das haben wir oft gehört, doch selbst wenn wir uns tapfer bemühen und nicht wie Kaiser Napoleon mit vier Stunden Schlaf auskommen, will sich der Erfolg mit diesen Methoden nicht so recht einstellen. Auch die Lehrsätze meiner Kindheit fruchten in der komplex gewordenen Welt nicht mehr. Die auf Ovid zurückgehende Maxime, dass ein gutes Gewissen ein sanftes Ruhekissen sei, hilft selbst moralisch integren Menschen nicht mehr auf Anhieb weiter, und der der Bibel entlehnte »Schlaf der Gerechten« taugt, da alle heutzutage Recht und Gerechtigkeit auf ihrer Seite glauben, nicht wirklich als Problemlösungsstrategie.

So habe ich mich von den Old-School-Hausmitteln abgewendet und mich der neuen Welt geöffnet. Auf meinem Smartphone finden sich nun mehrere Schlaf-Apps. »Sleep Cycle« oder »Sleep Monitor« zeichnen alles auf, was ich in der Nacht so tue und was ich an Geräuschen von mir gebe, und empfehlen mir die optimale Weckzeit. Zu wissen, dass diese Apps mich überwachen, führt freilich zu einer gewissen Nervosität und lässt mich beim ersten Einschlafversuch darüber nachdenken, ob ich vielleicht gleich falsche Geräusche von mir gebe und meine App deshalb am nächsten Morgen mit mir schimpft.

Es lohnt sich also, mehrgleisig zu fahren. Sicherheitshalber bin ich so zum Anhänger sogenannter Einschlaf-Podcasts geworden. Einen solchen unterhält seit 2010 Tobias Baier aus dem niedersächsischen Kakenstorf, einer sehr unaufregenden, bevölkerungsarmen Gemeinde. Über 500 Folgen hat er bereits produziert. Mit einer sonor-gedämpften Stimme, die führende deutsche Sozialdemokraten als quicklebendige Temperamentsbolzen erscheinen lässt, erzählt er in seinen Podcasts anfangs an Fadheit nicht zu überbietende Episoden aus seinem häuslichen Alltag, ehe er, ohne Erregung zu zeigen, Rilke-Gedichte oder Passagen aus Kants *Kritik der reinen Vernunft* zu Gehör bringt. Die sedierende Wirkung der Baier'schen Produktionen ist nicht abzustreiten.

Apropos: Eine vertrauenswürdige Dame erzählte mir neulich, dass sie generell und problemlos bei Podcasts einschlafe, egal, welche Themen sie behandelten. Schon nach wenigen Minuten verfalle sie in einen leichten Dämmer, der tiefen Schlaf ankündige. Trinke sie vorher ein Glas Rotwein, sei der Effekt doppelt so stark. Ohne Podcasts könne sie sich ihr Leben nicht mehr vorstellen.

Wer nicht rein auf Akustisches setzt, geht auf die Website von Napflix, einer 2016 in Spanien begründeten »Siesta Video Platform«. Was dort an Filmen zu sehen ist, darf als sensationell bezeichnet werden. Ein paar Beispiele? Drei Stunden lang dauert der Film *Flying through Clouds*, der nichts anderes zeigt als Wolkenverschiebungen, wie man sie im Flugzeug in zehntausend Meter Höhe sieht. Ein klein wenig lebhafter geht es in dem 36-Minuten-Film zu, der bei der »World Dog Show« in Helsinki 2014 gedreht wurde. Grundiert von schwer verständlichen finnischen Ansagen verfolgen wir ohne Unterbrechung adrett herausgeputzte Dackel und Pudel, wie sie über den Laufsteg trippeln.

Damit nicht genug: Napflix bietet eine moderne Version einer uralten Einschlafhilfe an: das Schäfchenzählen. Während man früher die Augen schloss und nach dem achthundertzwölften imaginierten Merino sanft einschlummerte, führt man sich nun das satte elf Stunden lange Video *Sheep and Lambs Baaing* zu Gemüte. Langsam wechselnde, von dezentem Blöken untermalte Ansichten von grasenden Herden laden dazu ein, die Tiere zu zählen – was nicht auf Anhieb gelingt, sodass man gezwungen ist, sich Sequenzen erneut anzusehen, womit sich die Abspieldauer verlängert.

Und nicht zuletzt: Die kanadische Gastronomiekette Swiss Chalet bot lange Zeit eine wohltuende Attraktion an: ihren Rôtisserie-Kanal. Zu sehen war darauf wenig: sechs gemächlich kreisende Brathühner auf zwei Spießen. Sie drehten sich – was blieb ihnen sonst? – im ewigen Kreislauf und bräunten, während das Fett zischend tropfte … ein Vorgang, der an die Sinnlosigkeit der menschlichen Existenz denken ließ. Aktuell sind die Bratfilme leider nicht mehr verfügbar.

Der Hinweis auf Podcasts und Videos täuscht nicht darüber hinweg, dass auch herkömmliche Methoden – das Buch zum Beispiel – der Schlafförderung dienen. Der Publizist Dietmar Bittrich erinnerte so vor einiger Zeit an die segenspendende Kraft der Literatur und gab die Anthologie *Gute Nacht! Mit deutscher Dichtung in den Tiefschlaf* heraus. Mit sicherem Gespür erkannte er die wenig erregenden Effekte, die von der deutschsprachigen Literatur des 19. Jahrhunderts ausgehen. Sich in Ludwig Ganghofers oder C. F. Meyers Prosa zu vertiefen kann erwiesenermaßen eine tief kalmierende Wirkung haben. Wer hingegen eher Sachtexten vertraut, greift zu der nützlichen Sammlung *Das langweiligste Buch der Welt*, die nachweist, dass wir fast nur von öden Dingen umgeben sind. Texte wie »Die unterschiedlichen Größen und Farben von Ziegelsteinen in Großbritannien« oder »Die politische Krise in Belgien 2007–2011« machen nach wenigen Absätzen garantiert schläfrig. Die Anthologie ist, gelesen von Bjarne Mädel, zudem als Hörbuch erhältlich.

Zuletzt noch ein wichtiger Hinweis, der die Rahmenbedingungen unserer Schlafanstrengungen betrifft. Die Forschung ist sich einig, dass Schlafzimmer nicht als multifunktionale Räume anzusehen sind. Auch in Zeiten des Homeoffice haben dort Laptops, Fernseher oder Aktenordner nichts zu suchen. Der Berliner Experte Karl Hecht beispielsweise lehnt es rigoros ab, das Bett für »schlaffremde Tätigkeiten« zu nutzen. Eine Ausnahme indes lässt er zu: »Das Bett sollte ausschließlich für das Schlafen und für die körperliche Liebe genutzt werden.«

Hinzu kommt, dass ein Liebesspiel, das nicht in Leistungssport ausartet, eine angenehme, schlafstimulierende, Kalorien verbrauchende Maßnahme darstellt. Nach der intensiven Beobachtung weiblicher Kaninchen haben Wissenschaftler festgestellt, dass deren Schlafphasen nach dem Geschlechtsverkehr zunahmen.

Man sieht, rund um den Schlaf gibt es viel zu bedenken und zu beherzigen. Wir sprechen uns wieder, spätestens am nächsten World Sleep Day.

Eselsohren

Man kann nicht nur Freunde haben. Jene friedens- und ökologiebewegte Epoche, da wir ernsthaft glaubten, uns mit jedermann gut stellen und selbst den ekligsten Nachbarn nett finden zu müssen, liegt zum Glück hinter uns. Lang, lang ist es her, als wir auf der Schwäbischen Alb mit schwitzigen Händen Menschenketten bildeten, »We Shall Overcome« sangen, herzhaft in einen Dinkelkeks bissen und anschließend in den Bonner Hofgarten fuhren, um Petra Kelly und Alfred Mechtersheimer inbrünstig zu lauschen.

Wenig später wurde Helmut Kohl Kanzler, und wir alle (oder fast alle) sahen ein, dass ein erfülltes Leben auch auf sinnvoller Gegnerschaft beruhen kann. Freund und Feind gilt es zu scheiden, und jeder hat seine Wege zu finden, um im Dickicht unseres verwirrenden Alltags Mitmenschen an ihren Taten und Haltungen zu messen. Manche urteilen nach Wahlverhalten (eine Methode, die immer weniger aussagekräftig ist), nach Essgewohnheiten (Haxe, Tofu oder Sushi), nach Wohnungseinrichtungen oder nach dem Automobil vor der Haustür. Mit Opel-Fahrern verkehre ich zum Beispiel ungern, von Onkel Hermann aus Speldorf abgesehen, aber er lebt längst nicht mehr. Irgendwelche Kriterien braucht jeder, oder?

Ich selber wähle meine Bekannten vor allem nach ihren Lektüregewohnheiten aus. Nein, nein, nicht unbedingt nach dem, was sie zu lesen pflegen, sondern, wie sie es tun. Denn der Lesestoff allein sagt nicht alles über die wahren Bande möglicher Zuneigung. Nabokov-Liebhaber sind nicht automatisch tolle Typen, und bisweilen ist es sogar möglich, mit Leserinnen von Tabea Bach (*Sterne über dem Salzgarten*) kurzweilige Abende zu verbringen. Auf Inhalte achte ich ohnehin kaum, womit ich mich, nebenbei bemerkt, auf der Höhe der Zeit befinde. Ich taxiere Menschen danach, wie sie ein Buch in die Hand nehmen, wie sie darin blättern, wie sie es beiseitelegen, kurzum, mit welcher charakterlichen Grundeinstellung sie dem Objekt entgegentreten und wie sie es hegen und pflegen.

Hier scheiden sich die Geister rasch, hier fällt es mir leicht, in Sekundenschnelle Sympathien und Antipathien zu entwickeln. Um es geradeheraus zu sagen:

Ich lehne es rundum ab, Bücher wie Frauenmagazine zu behandeln, sie beim Lesen umzuklappen und so das Gelenk unnötig zu strapazieren. Ich finde es abstoßend, wenn Menschen den Schutzumschlag als Lesezeichen verwenden. Unweigerlich weitet sich dieser, reißt ein, wird lappig und verhöhnt jene Werktätigen, die alle Sorgfalt darauf verwenden, einen enganliegenden, gleichsam körpernahen Schutzumschlag zu produzieren.

Ich mag es ferner nicht, wenn ein Taschenbuch beim Lesen weit aufgeschlagen wird, sodass der Öffnungswinkel mehr als 40 Grad beträgt und sich der Buchdeckel nach der Lektüre hässlich aufbiegt. Überdies ist mir die Nähe von Lesern unangenehm, die Daniela Kriens Romane aufgeschlagen und mit dem Rücken nach oben liegen lassen. Oder das Werk mit Eselsohren markieren. Oder die Buchseiten mit Kaffee- und Erdnussbutterflecken beschmutzen. Manchmal, gewiss, – ich gebe es zu – komme selbst ich nicht umhin, ein Buch unkorrekt zu behandeln, etwa wenn ich in Urlaub fahre, wo sich meine Neigung zum Peniblen nicht immer aufrechterhalten lässt. Mein Exemplar von Canettis *Blendung*, gelesen an kretischem Strand, weist starke Abnutzungserscheinungen auf; zwischen den Seiten kleben feine Sandkörner, die mich an meine Jugend erinnern.

Wie sich unschwer erkennen lässt, betrachte ich das Buch als Kulturgut, selbst wenn es in meiner Küche liegt und lediglich dazu beiträgt, einem italienischen Schmorbraten auf die Sprünge zu helfen. Ich bin folglich erschüttert, Menschen zu beobachten, die meinen, ihre meist unwesentlichen Gedanken sofort festhalten und reine, fein bedruckte Buchseiten mit Kugelschreiberanstreichungen, ausladenden Kommentaren oder, noch schlimmer, mit fluoreszierenden Markern versehen zu müssen. Ein mir bekannter Germanist, Österreicher seines Zeichens, hat die Eigenart, Vorsatzblätter und Schmutztitel mit interpretatorischen Hinweisen zu versehen – schön ist das nicht; unser Kontakt beschränkt sich auf das Nötigste. Und wie grauenvoll ist die Vorstellung, ein antiquarisches Exemplar in Händen zu halten, das mit den albernen Kommentaren eines früheren Besitzers unauslöschlich verunziert ist. Ein zarter Bleistiftstrich, der in sich die Möglichkeit trägt, wieder getilgt zu werden – das mag angehen, das verträgt auch ein Eduard-von-Keyserling-Roman, mehr bitte nicht.

Eine Ausnahme möchte ich anführen, eine, die tief in meine Jugend reicht. In meinen Friedrich-Schiller-Beständen findet sich das Reclam-Bändchen *Wallenstein I*, gedruckt 1968 in Stuttgart. Das Exemplar weist etliche Besonderheiten auf. Übernommen habe ich es aus Kostengründen von meinem sechs Jahre älteren Bruder, es mir sofort angeeignet und in der Titelei mit meinem Adressstempel versehen. So enthält dieses mit Tinten- und anderen Flecken übersäte Exemplar wertvolle Anmerkungen, die von meinem Bruder und von mir stammen – fast ein Palimpsest also.

Mein Bruder verlegte sich vor allem darauf, dem zweiten Teil, *Die Piccolomini*, mit dunkelblauem Kugelschreiber Inhaltsparaphrasen hinzuzufügen, die erahnen lassen, dass er Schillers Worte nicht richtig verstanden haben könnte. Wenn Octavio erläutert, dass Wallenstein »zum Schweden wolle übergehn«, fühlte sich mein Bruder wohl unsicher und merkte am unteren Seitenrand an: »Octavio sagt, daß Wallenstein zu den Schweden überlaufen will«. Ich hingegen habe damals – was mir heute eher unangenehm ist – mit Filzschreibern gearbeitet und in Türkis, Rot oder Schwarz die Schiller'schen Dialoge mit knappen Ein-Wort-Bemerkungen angereichert. »Betrug«, »Logik?«, »Höhepunkt«, »Abrechnung!«, »Vernunft!« oder »Disput« steht da an den Rändern, und was ich damit sagen wollte, ist mir in den meisten Fällen schleierhaft.

Immerhin spüre ich im 1. Aufzug, 4. Auftritt der *Piccolomini*, dass auch mich damals der Zeitgeist nicht kalt ließ. Maxens Ausruf »Oh! lass den Kaiser Friede machen, Vater!« habe ich rot mit dem Zusatz »schön!« versehen. Für die Jüngeren: Das war die Zeit, als sich die Grünen in Baden-Württemberg formierten und wenig später erstmals in den Landtag einzogen, die Zeit, als die Friedensbewegung aufkam, der ich offenbar, wie meine Belobigung Schillers verrät, wohlwollend gegenüberstand.

Damit nicht genug: Auf der hinteren Innenklappe des Umschlags wird – ich bin unsicher, ob von mir oder von meinem Bruder – eine mathematische Aufgabe gelöst. Worum es da geht, verstehe ich wieder nicht. Es werden Uhrzeiten aufgelistet, Verkaufsziffern von was auch immer mit Brüchen angeordnet und unten auf der Seite stehen Zahlenfolgen, bei denen es sich um Telefonnummern handeln könnte. Nur die Experten im Deutschen Literaturarchiv zu Marbach werden in der Lage sein, das zu transkribieren und zu dekodieren.

Überdies befinden sich am selben Ort Unterschriftsproben meinerseits. Angespornt durch meinen Vater, der mit einer gänzlich unleserlichen, aber sehr reizvollen Unterschrift zeichnete, wollte ich aus dem Namen »Moritz« gleichfalls etwas sehr Eigenwilliges machen. Davon betroffen sind vor allem das Auftakt-»M« und die »tz«-Endung. Was ich mir da ausgedacht habe, war nicht einfach umzusetzen, und so diente mir das *Wallenstein*-Exemplar in langweiligen Deutschstunden als Schmierpapier. Meine Unterschrift orientiert sich bis heute an diesen frühen Versuchen, ist lediglich unleserlicher geworden im Lauf der Jahre.

Damit immer noch nicht genug: Vorne auf dem Umschlag hat mein Bruder die Zahlenfolge 84,596 hinterlassen – keine Ahnung, was die bedeutet. Und zudem scheint auch er einen Deutschunterricht genossen zu haben, dessen Spannungsbögen überschaubar blieben.

Und so tat er, was Generationen von Schülern taten: Er begann, während der Lehrkörper über dies und jenes referierte, den Buchtitel umzuformulieren. Aus »Wallenstein« wurde so ein »Gallenstein«, und aus »Wallensteins Lager« konsequenterweise ein »Gallensteins Lager«, das in Klammern den Zusatz »= Die Blase« erhielt.

Historisch ist das, wie gesagt, reizvoll. Doch selbstverständlich bin ich von solch einem skandalösen Umgang mit Büchern abgekommen. Es ist schwer, mit dieser Einstellung durchs Leben zu kommen. Neulich, am Flughafen, holte mich die Realität endgültig ein: Neben mir saß eine nicht sofort verhaltensauffällig wirkende junge Frau, die ein Taschenbuch – war es von Sebastian Fitzek oder Petra Durst-Benning? – las. Jede Seite, die sie hinter sich gebracht hatte, entfernte sie sofort. Blatt für Blatt riss sie heraus, warf es weg und erleichterte so ihr Handgepäck. Ich wechselte umgehend den Sitzplatz.

Essen & Trinken

Wo die Literatur uns etwas sagen will, spricht sie zuweilen in Bildern, mit deren Hilfe wir ihre Botschaften entschlüsseln können. Das mag geschehen, wenn wir – zum Beispiel in Adalbert Stifters Erzählungen – mit Naturphänomenen wie Schneefall oder Gewitter konfrontiert werden oder – wie in Daniel Kehlmanns *Die Vermessung der Welt* – die Biographien der Gelehrten Gauß und Humboldt erzählt bekommen, um uns damit einen Reim auf unsere heutige Welt zu machen. Besonders reizvoll ist die Symbolkraft in der Literatur meistens dann, wenn gegessen und getrunken wird – eine lebenserhaltende Notwendigkeit, der sich selbst literarische Figuren selten entziehen können.

Schriftsteller unterschiedlichsten Naturells nutzten und nutzen die Gestaltungsmöglichkeiten, die ein festliches Menü, ein Stehimbiss oder ein kulinarisches Tête-à-Tête bereithalten. Wie und wo welche Speisen genossen werden, das sagt viel über die Romanfiguren aus – selbst dann, wenn wie bei den Kostverächterinnen Elfriede Jelinek oder Sibylle Berg Nahrungsaufnahme als notwendiges Übel angesehen und Lustgewinn nicht an Wiener Schnitzel, Auberginenauflauf oder Surhaxe gekoppelt wird.

Andernorts wird mit großer Freude zu Tisch gegangen, eröffnet das Feld des Gegessenen und Getrunkenen doch unerschöpfliche Interpretationsmöglichkeiten. Wer erinnert sich nicht an die opulenten Weihnachtsessen im Hause der Buddenbrooks oder an die Tischrituale auf dem Thomas Mann'schen Zauberberg? Dort, wo Hans Castorps Tischnachbarin Frau Stöhr trotz ihrer Fähigkeit, 28 unterschiedliche Fischsaucen zuzubereiten, uns als bildungsferne Nervensäge entgegentritt.

Der reich gedeckte Tisch, den die *Zauberberg*-Klinik vor ihren Patienten ausbreitet, sagt viel aus über die von Thomas Mann in den Blick genommenen gesellschaftlichen Umstände vor dem Ersten Weltkrieg. Die leicht dekadent-marode Atmosphäre durchzieht den Speisesaal, versinnbildlicht sich an dem, was der verwöhnten Klientel kredenzt wird. Ganz anders in Heinrich Bölls frühen Erzählungen, wo sich das bundesdeutsche Nachkriegsklima nicht selten in kargen Imbissbuden spiegelt, die die Grundversorgung durch die gastronomischen Highlights Bratwurst und Schaschlik gewährleisten.

Erst später nimmt die Genussfreudigkeit in der deutschsprachigen Erzählliteratur zu, und Johannes Mario Simmel (*Es muss nicht immer Kaviar sein*) und Günter Grass (*Der Butt*) scheuen sich nicht, in ihre Romane empfehlenswerte Rezepte einzustreuen. Und je weiter sich das Wirtschaftswunder entwickelt und je opulenter die Tische zumindest in der westlichen Wohlstandsgesellschaft gedeckt sind, desto häufiger leiden auch literarische Figuren unter dem Überangebot – wie das leidgeprüfte Ehepaar in Siegfried Lenz' *Kummer mit jütländischen Kaffeetafeln*, wo die Völlerei, die eine Einladung bei dänischen Nachbarn nach sich zieht, die deutschen Gäste restlos überfordert.

Während hier das literarische Speisenangebot dazu dient, ein gesellschaftliches Panorama zu veranschaulichen, sehen andere Autoren Parallelen zwischen der Kunst der Literatur und der Kunst des Kochens. Beide Male scheint ein vergleichbares Geschick erforderlich, um aus unterschiedlichsten Zutaten eine neue Fülle des Wohlgeschmacks herzustellen. Wie Nahrungsmittel dank der Meisterschaft des Kochs neue Wahlverwandtschaften eingehen und sich auf höherer Ebene zu einer ungeahnten Synthese zusammentun, so gelingt es dem entdeckungslustigen Schriftsteller, Stilfiguren und Metaphern so miteinander zu verschmelzen, dass das Aroma des Ergebnisses weit mehr ist als das Aroma seiner einzelnen Zutaten.

Eine Vertreterin dieser kulinarisch-literarischen Lehre ist Françoise, die Haushälterin in Marcel Prousts Romanzyklus *Auf der Suche nach der verlorenen Zeit*. Sie weiß genau, wodurch sich exzellente Küche auszeichnet: durch die Geduld, die Ingredienzen eines Gerichts zu einem großen Ganzen werden zu lassen. Sich von Zubereitungsmethoden der wichtigtuerischen Pariser Boulevard-Lokale abgrenzend, erläutert Françoise ihren Zuhörern, wodurch sich ein perfektes Gericht (hier ein klassischer französischer Schmorbraten) auszuzeichnen habe: »›Die machen alles viel zu husch-husch‹, bemerkte sie über die berühmten Restaurants, ›und dann nicht alles zusammen. Das Rindfleisch muss wie ein Schwamm werden, nur dann saugt es alle Brühe auf.‹«

Natürlich hat Autor Proust der Bediensteten damit weit mehr als eine Kochmaxime in den Mund gelegt.

Denn nicht zuletzt ist mit dieser Anleitung für ein perfektes »bœuf à la mode« zugleich gesagt, wie ein idealer Roman zustande kommt: Seine Bauelemente, die Zutaten gewissermaßen, sind am Ende nicht mehr auseinanderzuhalten, fügen sich zu einem Romanensemble, das seine Bestandteile »wie ein Schwamm« aufgesaugt hat und unerhörte Geschmackserlebnisse bietet.

So wie Prousts Küchen- und Schreibtischpoetik immer wieder von erotischen Anklängen durchzogen ist – wenn sich der Protagonist etwa zum überirdisch anmutenden Spargel hingezogen fühlt, den Françoise in ihrer Küche verarbeitet –, so ist die Literatur- und Kulturgeschichte reich gesättigt mit Beispielen, die Essen und Trinken als mal offen, mal verdeckt erotischen Akt beschreiben.

Begonnen hat dies wohl schon im Paradies, als Adam und Eva ihre Unschuld verloren, da sie verbotene Früchte aßen und sich fortan mit Feigenblättern zu bedecken hatten. Genüsslich spielen seitdem ungezählte Autorinnen und Autoren mit dieser sexuellen Komponente der Nahrungszufuhr – wie Hanns-Josef Ortheil in seinen Romanen *Die große Liebe* und *Das Verlangen nach Liebe*, die als die vielleicht kalorien- und alkoholreichsten Werke der Gegenwartsliteratur gelten dürften.

Die große Liebe erzählt von der jäh entfachten Leidenschaft zwischen einem Münchner Journalisten und Franca, einer italienischen Kunsthistorikerin. Beide lernen sich in San Benedetto in den Marken kennen und wissen – obschon Franca noch anderweitig liiert ist – vom ersten Moment an, dass sie nichts mehr auseinanderdividieren wird. Ehe sie jedoch sexuell zusammenkommen, spiegelt sich ihre Liebe symbolisch auf den Tellern und in den Gläsern, die ihnen gereicht werden. Da breiten sich glänzende Feigen in Obstschalen aus, da werden Austern geschlürft, begleitet von Unmengen Weißwein, da ordern die hochgradig Verliebten hochkonzentrierte Fischsuppen, und als es zum finalen Zusammentreffen zwischen dem Erzähler und Francas Verlobtem Alberti kommt, treffen sich die Kontrahenten – natürlich – bei Tisch: »Wir schwiegen und dachten nach, wir saßen uns eine Weile stumm gegenüber und aßen beide mit großem Genuss Kutteln in bianco, wir aßen dasselbe, wir tranken denselben Wein«. Der Waffenstillstand ist indes nicht von Dauer; das geteilte Mahl hilft nicht weiter. Man tauscht alsbald Unfreundlichkeiten und Drohungen aus; grußlos verlässt Alberti den Ort des Kuttelshowdowns, nicht ohne freilich die cremige Sauce mit Brot penibel aufgetunkt und ein Dessert zu sich genommen zu haben.

Von der Bibel bis zu Hanns-Josef Ortheil, vom Schlaraffenland bis zu Robert Menasses Roman *Don Juan de la Mancha*, in dem sich die Liebenden an einem Don-Giovanni-Menü delektieren – wo in der

Literatur gegessen und getrunken wird, regieren fast immer alle Symbole, die Küche und Herd zu bieten haben.

Fräuleinwunder

Eigentlich ist dieser Begriff in den 1950er-Jahren verankert und bezeichnete aus amerikanischer Perspektive die Präsenz attraktiver Frauen, die das Bild von der bösen deutschen Kriegsnation aufhellten. Repräsentantin des Fräuleinwunders war Susanne Erichsen, die Miss Germany von 1950, die kurz darauf als »Botschafterin der deutschen Mode« die USA eroberte und das »Wunder«-Vokabular (Wirtschaftswunder, Wunder von Bern) jener Zeit bereicherte. Bobby Helms' erfolgreicher Countrysong *Fraulein* mit den markanten Versen »Far across the blue waters / Lives an old German's daughter / By the banks of the old river Rhine / Where I loved her and left her / But I can't forget her / I miss my pretty Fraulein« und Chris Howlands deutsche Coverversion zementierten den Mythos.

Mit der offiziellen Verbannung des als herabsetzend empfundenen Begriffs »Fräulein« schien er in die sprachliche Mottenkiste zu versinken, ehe er 1999 in der Literaturkritik ein überraschendes Comeback feierte. Im *Spiegel* beschrieb Volker Hage, wie verstärkt

Autorinnen – Judith Hermann, Sibylle Berg, Karen Duve, Rebecca Casati oder Zoë Jenny – den Belletristikmarkt aufmischten, sprach von einem auffälligen »literarischen Fräuleinwunder« und prägte so ein Etikett, das vielerorts aufgegriffen wurde.

Das latent Sexistische dieser Zuschreibung wurde indes nicht nur von Feministinnen bald kritisiert. Ein neuerliches Revival des »Fräuleinwunders« scheint heute aus guten Gründen undenkbar – was ein gelegentliches Auflodern nicht verhindert: 2019 beklagte sich die Autorin Vea Kaiser darüber, in einem Magazin als »österreichisches Fräuleinwunder der Literatur« apostrophiert zu werden.

Maskuline Entsprechungen wie »Herrlein-«, »Männlein-« oder »Burschiwunder« wurden bezeichnenderweise im Literaturgeschäft nie verwendet.

Funde, antiquarische

Es ist schön, wohlriechende, druckfrische Bücher in Händen zu halten und sich an ihrer unbefleckten Schönheit zu erfreuen. Doch immer schneller verschwinden diese Novitäten, wenn sie sich denn nicht zu Best- oder Longsellern entwickeln, vom Markt und sind dann allenfalls als weniger schöne Print-on-Demand-Exemplare verfügbar. Deswegen führt – vor allem wenn man entlegene Interessensgebiete hat und sich mit Google-Informationen nicht zufriedengibt – kein Weg an der Wunderwelt des Antiquariats vorbei, sei es im Internet, sei es in den so feinen Ladengeschäften mit erhabener Atmosphäre und Inhabern (meist sind es Männer), deren Gesichtsausdruck jedem Eintretenden signalisiert, dass das sich schnell drehende Bücherkarussell bei ihnen keine Rolle spielt.

Alle paar Jahre, wenn ich in Wien bin, schaue ich beim Antiquariat Burgverlag am Burgring nach dem Rechten – ein Vorwand natürlich, um mich inspirieren zu lassen und einen Kauf zu tätigen, den ich vorher keinesfalls im Sinn hatte. Vor einiger Zeit führte mich der Weg erneut dorthin – nicht zuletzt, weil Arthur Schnitzler eine Zeit lang im selben Haus wohnte. Und der Zufall wollte es, dass Besitzer Robert Schoisengeier mir mit der Unschuldsmiene eines Antiquars, der weiß, dass seine buchvernarrten Kunden nur einen geringen Anstoß brauchen, um hellhörig zu werden, eine Erstausgabe von Schnitzlers berühmter Novelle *Lieutenant Gustl* zeigte. 1901 ist sie bei S. Fischer erschienen, mit wunderbar verhalten düsteren Illustrationen von Moritz Coschell, der – für den Umschlag – den Titelhelden eingefangen hat, wie er verzweifelt auf einer Praterbank sitzt. 1800 Euro sollte diese prachtvolle Ausgabe kosten, ein Betrag, der mein Budget schmerzlich überforderte. Doch zum Glück war nicht nur die Erstauflage im Angebot, sondern auch ein im selben Jahr erschienenes

Exemplar der sechsten Auflage, ein gut erhaltenes, für schlappe 100 Euro ausgepreistes Stück. Selbstverständlich wechselte es sofort seinen Besitzer.

Wenn ich nicht nach Schnitzler, Hofmannsthal & Co. Ausschau halte, gehe ich nach Berlin, Stadtteil Wilmersdorf, wo sich das empfehlenswerte Sportfachantiquariat Drummer befindet. Diesem Eldorado entlegenen Schrifttums verdanke ich großartige Bereicherungen meiner Bibliothek. Jenő Csaknádys *Fußball ohne Brutalität. Erster Ehrenkodex des Fußball-Wettkampfs*, Franz Wittmanns *Wie sag ich's meinen Spielern? Die Gestaltung der Spielerabende bei den Amateurvereinen*, Richard Kirns *Der lachende Fußball* oder Bertram Schmitts *Körperverletzungen bei Fußballspielen. Eine kriminologische Studie über typische Erscheinungsformen und Konsequenzen für die Strafrechtsanwendung sowie über das Verhältnis der staatlichen Strafrechtspflege zur Strafgewalt der Verbände* kamen dank Drummer in meinen Besitz.

Nicht immer finde ich Zeit, Antiquariate persönlich aufzusuchen, und nutze gern das vielfältige Internetangebot. Auf diesem Weg gelangte ein äußerst lehrreiches Buch in meine Hände, das 1913 in der J.G. Cotta'schen Buchhandlung zu Berlin erschien. Es hört auf den vielversprechenden Titel *Leitfaden für das Mädchenturnen in den preußischen Schulen* und weist schon in seiner Einleitung darauf hin, worum es geht: »Das Turnen soll die geplante leibliche Entwicklung, insbesondere die Gesundheit stärken, den Körper an eine gute Haltung gewöhnen, sowie Kraft, Gewandtheit und Anmut entwickeln helfen.«

Der lehrreiche Band enthält feine Abbildungen, die Mädchen im zeittypischen Turndress bei Übungen wie »Kehre als Fechtersprung« oder »Sprung zum Stand auf den Sattel« zeigen. Darüber hinaus werden »volkstümliche« Laufübungen wie »Dreiballlauf« oder »Eilbotenlauf« vorgestellt, die aus heutigen Lehrplänen verschwunden sind. Bedenklicherweise enthält die Anleitung auch Laufspiele, die heute nicht mehr akzeptabel wären. Dazu gehören Spiele wie »Kriegsball« oder »Schwarzer Mann«. Vermutlich ließ sich deswegen der Kampa Verlag von mir nicht zu einem Reprint dieses Mädchenturnklassikers bewegen.

Wer solche Fundstücke aus dem Antiquariat online bestellt, sie also vor dem Kauf nicht in Augen- und Geruchsschein nehmen konnte, muss freilich mit bösen Überraschungen rechnen. Nicht wenige der angebotenen Werke wurden offenkundig nicht sachgemäß gelagert und verwitterten jahrelang in feuchten Kellerverliesen. Was unangenehme Folgen nach sich zieht: Kaum öffnet man die Postsendung, schlägt einem ein muffiger, brechreizfördernder Geruch entgegen, der jede Lust nimmt, dem Buch näher zu treten oder es in Kontakt mit anderen Büchern zu bringen.

Was tun mit solchen übelriechenden Außenseitern? An Ratschlägen mangelt es nicht. Die einen empfehlen, sie mit Natronpulver zu bestäuben, in eine Tüte zu packen und sich wochenlang in Geduld zu üben. Die anderen raten bei Nikotingeruch dazu, die belasteten Bücher zusammen mit Kaffeepulver in einen Gefrierbeutel zu legen. Und nicht zuletzt sind da noch die, welche Heil darin sehen, müffelnde Objekte gut verschlossen bei minus 18 Grad eine Zeit lang in der Tiefkühltruhe aufzubewahren. Letzteres habe ich erprobt und ein Plätzchen gleich neben meinen tiefgefrorenen Maultaschen gefunden – der Erfolg war mäßig und zudem von der Befürchtung begleitet, dass meine schwäbischen Köstlichkeiten Schaden nehmen könnten. Maultaschen mit feucht-klammen Modergeruch – eine schreckliche Vorstellung.

Fußballromane

Woran fehlt es der Gegenwartsliteratur? An gut aussehenden Autorinnen, die Kurzprosa schreiben und sich in Lifestyle-Magazinen ablichten lassen? An weniger gut aussehenden, indes bestens gekleideten Journalisten, die ihr Tagewerk zu schnöseligen Romänchen umformen? Am Verbot für Schriftsteller, pro Jahr mehr als eine Neuerscheinung auf den Markt zu werfen? Oder doch an »großen« Wende-Epen, in denen ein für alle Mal Mauerfall und Wiedervereinigung à la Balzac oder Fontane resümiert werden?

All das mögen in der Tat Desiderate sein, doch am Kernproblem, am zentralen Defizit der aktuellen Literatur gehen diese Wehklagen vorbei. Sprechen wir es unumwunden aus: Deutschland fehlt ein epochaler, zeitloser Fußball-Roman! Wie kann es sein, dass eine Sportart, der die Massen zuströmen, die trotz aller Dekadenzerscheinungen (Katar, Gianni Infantino, Super-League-Gedankenspiele, Bayern München u. a.) nichts von ihrer Attraktivität eingebüßt hat, immer noch darauf wartet, von der Gegenwartskunst entdeckt zu werden? »Kein Drama der Welt kann so übersichtlich sein wie ein Fußballspiel«, schrieb schon Marcel Reich-Ranicki dem aufstrebenden Nachwuchs ins Stammbuch, doch wie so oft hörte dieser nicht auf den Großmeister und veröffentlichte statt ziselierter Rasenprosa Texte, die abseitigen Berufsgruppen galten. Rechtsanwälte, Werbefachfrauen, Kriminalinspektoren oder Smartphone-Besitzer erfreuen sich ausladender literarischer Behandlung, wohingegen Vorstopper, Manndecker, Linienrichter oder Fanbeauftragte sträflichst missachtet werden.

Die Brache, die sich hier auftut, ist kein Phänomen unserer unglückseligen Gegenwart. Wie die feinen Analysen der germanistischen Motivforschung zeigen, krankt die Literatur des gesamten 20. und 21. Jahrhunderts an mangelnder Ballbehandlung und -beherrschung. Natürlich hat es löbliche Versuche gegeben, dem populären Sporttreiben künstlerisch gerecht zu werden. Joachim Ringelnatz, Karl Valentin oder Ödön von Horváth würdigten das runde Leder früh, und die sprachvirtuosen Ballbetrachtungen eines Eckhard Henscheid, Robert Gernhardt oder Ror Wolf sind aller Ehren wert. Auch Friedrich Christian Delius' schöne Erzählung *Der Sonntag, an dem ich Weltmeister wurde* wollen wir nicht vergessen und Friedrich Torbergs (längst vergriffenes) Buch *Die Mannschaft* auch nicht, zumal darin der seltene Versuch unternommen wurde, eine Brücke zwischen Fuß- und Wasserball zu schlagen. (Albert Ostermaiers *Ode an Kahn* übergehe ich.)

Der Gesamteindruck freilich ist trist: Der Ball will nicht ins belletristische Buch. Sein Treiben scheint nur zu gut gemeinten Sozialanklagen anzuregen, in denen böse Profis gebrandmarkt und selbstlose Straßenfußballer verklärt werden. Oder aber das Spiel wird nicht als Spiel ernst genommen und mit allerlei symbolischem Gedöns befrachtet. An Peter Handkes Etikettenschwindel *Die Angst des Tormanns beim Elfmeter* erinnere ich mich mit Schmerzen, und auch Günter Grass' frühes Gedicht *Nächtliches Stadion* vermag trotz seiner hoch bedeutsamen Schlusszeilen – »Einsam stand der Dichter im Tor, / doch der Schiedsrichter pfiff: Abseits« – nicht gänzlich zu überzeugen.

Ohne dies hier in der gebührenden Ausführlichkeit erläutern zu können: Die »Literaturunfähigkeit des runden Leders«, so der Wiener Philosoph Konrad Paul Liessmann, scheint zu den unverrückbaren Elementarweisheiten menschlicher Existenz zu zählen. Das Warum dieses Faktums freilich blieb lange Zeit umstritten. An Erklärungsversuchen mangelte es nicht: Manche betonen die generelle Inkompetenz deutscher Autoren; manche führen die lähmende Wirkung von Nick Hornbys Bestseller *Fever Pitch* ins Feld. Andere argumentieren mit der künstlerischen Unwürdigkeit des Objektes »Ball«, und ganz andere machen die Kopflastigkeit des deutschen Wesens dafür verantwortlich, dass der pralle Realismus eines Stadions die Dichter hierzulande überfordere.

Das alles mag richtig sein, doch an meiner Sehnsucht nach einer anderen Sachlage ändert das nichts. Wer mag sich endlich aufmachen, eine packende Erzählung aus dem zu machen, was am letzten Bundesligaspieltag der Saison 2000/01 geschah? Aus jener furchtbaren 94. Minute im Hamburger Volksparkstadion, als der Schwede Patrik Andersson den Münchner Herrenreitern die unverdiente Meisterschaft bescherte und man auf Schalke aus allen Träumen gerissen wurde? Kann Epik dieser Dramatik je gerecht werden? Vom Einbezug der religiösen Komponente, die Schalkes Stürmer Asamoah sogar die Theodizee-Frage (»Gott weiß, was er tut«) aufwerfen ließ, ganz zu schweigen. Wahrscheinlich würde kein Verlagslektor ein Werk akzeptieren, das den Lesern ein Finale so fern aller Wahrscheinlichkeit bieten würde. Doch irgendein Autor, irgendeine Autorin sollte sich daran wagen, mir zuliebe. Der Abstand, den große historische Romane benötigen, ist inzwischen vorhanden.

P.S. Nach der Niederschrift dieser Betrachtung erschien Frank Goosens *Spiel ab!* – das könnte, wenngleich Patrik Andersson darin keine Rolle spielt, vielleicht ein feiner Fußballroman sein …

Gendern

Absicht dieses Buches ist es vor allem, hinter die Kulissen des Literaturbetriebes zu schauen, zu informieren, zu amüsieren und manchmal zu polemisieren. Absicht dieses Buches ist es jedoch nicht, Streit zwischen den Generationen zu schüren und Konfliktstoff für gemütliche Abendessen zu liefern. Deshalb kein Wort über das sich wahllos ausbreitende, von sich betont reflektiert gebenden Kreisen forcierte Gendern in der deutschen Sprache, denn bei keinem anderen Thema ist sofort Stimmung in der Bude, zerbrechen Freundschaften über Nacht. Ob wir künftig also Stellenanzeigen wie »Gesucht wird ein*e erfahrene*r Heilpraktiker*in« oder Sätze wie »Die:der:dey werfe den ersten Stein« lesen wollen und werden, das sei hier nicht weiter diskutiert.

Generationenbücher

Ich selber gehöre zu den Babyboomern, was nicht so toll klingt. Der Ausdruck »Boomgeneration« gefällt mir besser, wenngleich dieser, wie ich den Weiten des Internets entnehme, konservative Ansichten und geringe Offenheit nachgesagt wird. Der Gedanke, kein allein auf sich gestelltes Individuum zu sein, sondern mit seinen Altersgenossen mehr Einstellungen zu teilen, als man möchte, ging auch am Buchmarkt nicht spurlos vorüber. Wer damit angefangen hat? Vielleicht Douglas Coupland mit seinem Roman *Generation X* (1991). Dann sprach man von »Generation Y« und »Generation Z«. Coupland selbst schrieb 2009 sein *Generation A*. »B« und »C« gibt es mittlerweile auch; es ist schwer, den Überblick zu behalten. Nicht vergessen wollen wir Titel wie *Generation beziehungsunfähig*, *Generation beleidigt* oder *Generation Gleichschritt*. Offensichtlich ist es möglich, gleichzeitig verschiedenen Generationen anzugehören, was die Lektüre dieses Buches ratsam erscheinen lässt: *Generationen zusammen führen: Mit Generation X, Y, Z und Babyboomern die Arbeitswelt gestalten*.

Nicht unerwähnt bleiben darf das hierzulande folgenreichste Generationenbuch: Florian Illies' *Gene-*

ration Golf (2000), das andere Autoren dazu verleitete, mit der *Generation Käfer* nachzulegen. Kombinationen mit weiteren Automarken wären mühelos denkbar; ich selbst versuche meinen Verleger von der Notwendigkeit des Titels *Generation Generation* zu überzeugen. Ideen hätte ich. Möglichweise ist damit aber bald Schluss, durch das Aufkommen der »Letzten Generation«.

Kindheitsleuchttürme

Wenn das Jahresende naht, wächst die Lust mancher Menschen, andere Menschen mit allerlei Nachfragen zu behelligen, die dazu anhalten sollen, die vergangenen zwölf Monate Revue passieren zu lassen oder einen Ausblick zu gewähren auf das, was kommen möge. So gebe ich dann gern Auskunft über meine Vorsätze fürs neue Jahr und sinne darüber nach, mit welchen Strategien ich den Herausforderungen der Globalisierung künftig begegnen werde.

Vielschichtiger sind jene unscheinbar wirkenden Fragen, die sich nach Lieblingsbüchern oder prägenden Lektüreerfahrungen erkundigen, zum Beispiel: »Welches Buch hat Sie in Ihrer Kindheit/Jugend am stärksten beeindruckt?« Hier gilt es – vor allem, wenn man professionell mit Gedrucktem zu tun hat –, die Antworten genauestens abzuwägen. Das Faktische spielt dabei eine völlig untergeordnete Rolle, wissen wir doch spätestens seit Rousseaus *Bekenntnissen*, dass es verschiedene Grade des Wahrhaftigen gibt, die man sich nach Bedarf aussucht. Streng genommen gibt es drei Möglichkeiten der Antwort: die intellektuelle, die revoltierende und die spielerische.

Die Erstere will die geneigten Leserinnen und Leser solcher Umfragen davon überzeugen, dass der Antwortgeber unglaublich früh geistige Interessen entwickelte und seinen Kameraden weit voraus war. Denkbare Repliken wären bei dieser Variante: *Faust II*, *Die Innenwelt der Außenwelt der Innenwelt* oder *Finnegans Wake*.

Die zweite Möglichkeit betont die Neigung zu dezent subversiver Lektüre. Zu nennen wären dann, wenn auch ohne großen Originalitätsanspruch, Hermann Hesses *Demian*, Jack Kerouacs *Unterwegs*, Jean Genets *Tagebuch des Diebes*, Elfriede Jelineks frühe Prosa oder Jörg Fausers Gesamtwerk. Das würde signalisieren, dass man sich mit dem bürgerlichen Establishment nie gemeinmachte und sich, zumindest insgeheim, den Outcasts der Gesellschaft zugehörig fühlte. Solche Bekenntnisse sind auch erlaubt, wenn man Jahre später als Bankvorstand oder Fraktionsvorsitzender endet.

Die spielerische Antwortmöglichkeit tut so, als scherte sie sich überhaupt nicht ums Prestige. Sie will vermitteln, dass der Auskunftgebende ein Kind wie ich und du war und gelesen hat, was ihm wohlgesinnte Verwandte oder Mitschüler in die Hand drückten. Die Schriftstellerin Karen Duve etwa entschied sich für diesen Weg: »Die ersten beiden Bücher, die mir etwas bedeutet haben, waren die beiden Pixi-Bücher *Mariechens Glück* und *Puffi – die schwarze Lokomotive.*« Das hört sich gut an und macht Laune, die Werke dieser Autorin, ihren nassen *Regenroman* zum Beispiel, kennenzulernen.

Ich selbst entscheide mich auch gern für diese Lösung – natürlich weil ich stillschweigend darauf hoffe, dass alle Welt ohnehin fest an meine frühe intellektuelle Reife, die überdies eine gewisse Aufmüpfigkeit nicht scheute, glaubt. Ich pflege also zu antworten: »Am liebsten hatte ich als Kind die in der Schweiz spielenden heiteren Familiengeschichten von Hans Schranz. *Bei uns ist immer was los* hieß der erste Band, 1954 im D. Gundert Verlag erschienen. Es geht darin um Lehrer Steiner, seine Frau, die alle ›das Mü‹ nennen, und um ihre vier ausgesprochen lebhaften Kinder. Steiners halten zusammen wie Pech und Schwefel, erleben allerhand Lustiges, wenn auch wenig Spektakuläres, kommen – wir befinden uns in den fünfziger Jahren – mit wenig Geld aus und sind auch in Not und Leid gut gelaunt. Die strenge Hausbesitzerin Frau Raims mochte ich nie recht leiden, und so fand ich es sehr witzig, als sie in einem Kapitel mit dem Gartenschlauch vollgespritzt wurde. Auch die stringent betitelte Fortsetzung *Bei uns ist wieder was los* hat mich beeindruckt.«

Die Romane sind heute nicht mehr lieferbar; selbst das Internet weiß wenig über ihren Verfasser Hans Schranz. Das stock- und kakaofleckige, leicht eklige Exemplar von *Bei uns ist immer was los* (von dem meine Schwester hartnäckig behauptet, es gehöre ihr) habe ich vor ein paar Jahren aus einer alten Bücherkiste des elterlichen Kellers gerettet. Es steht heute – das Alphabet will es so – im Regal zwischen Wolfdietrich Schnurre und Raoul Schrott. Und es lässt mich unbeschwert auf Fragen nach meiner nachhaltigsten Kindheitslektüre antworten. Danke, Hans Schranz!

Klappentexte

Niemand möchte die Katze im Sack kaufen. Und wer nicht blindlings den Empfehlungen von klugen Literaturkritikern oder belesenen Freunden glaubt und sich nicht sofort von anheimelnden Covern überzeugen lässt, der nimmt das Buch in die Hand und lässt sich vom Klappentext erzählen, was für ein tolles Buch er da in die Hand genommen hat. Ein entscheidender Moment, der die Kaufentscheidung steuert, denn der Klappentext ist, so der Lektor und Literaturwissenschaftler Otto F. Best, eine »Rutschbahn für die Phantasie des potenziellen Käufers«.

Beim klassischen Hardcover mit Schutzumschlag bezeichnet man streng genommen die Anpreisungen in den Innenklappen des Umschlags als Klappentext, doch im allgemeinen Sprachgebrauch zählt man inzwischen auch die Coverrückseite – die U4 – dazu. Und weil (Groß-)Buchhändler ungern das Buch den feuchten, schmutzigen Fingern der Kunden ausgesetzt wissen wollen und sie deshalb die Einschweißfolie (wenn es diese denn in Zeiten gewachsenen ökologischen Bewusstseins überhaupt noch gibt) nicht entfernen, ist der U4-Text oft die einzige Information, die ratsuchende Interessenten erhalten. Dieser ist, wie der Erzähltheoretiker Gérard Genette messerscharf erkannt hat, »strategisch von größter Bedeutung«. Die Verlage scheint das zu beeindrucken und herauszufordern – wenngleich mit oft schrecklichen Ergebnissen. Wenn Menschen etwas besonders gut machen wollen, verkrampfen sie ja leicht. U4-Texte sind oft von bestürzender Einfallslosigkeit und preisen Bücher so plump an, wie man es Tütensuppen- oder Tampon-Kampagnen nie durchgehen ließe.

Wenn in den Lektoraten oder Werbeabteilungen der Verlage gar keine Zeit ist, werden Elke Heidenreich, Denis Scheck oder Christine Westermann mit ihren Lobreden aus dem Archiv zitiert. Wenn noch weniger Zeit ist, sucht man nach einer »schönen« Stelle, nach einer Romanpassage, die so packend ist, dass sie mehr sagt als tausend Marketingworte.

Klappentexte standen seit jeher im Konfliktfeld zwischen Kunst und Kommerz und dabei, wie Heinz Gollhardt schon 1965 in seiner Dissertation *Studien zum Klappentext* zitierte, im »Ruf der Lächerlichkeit«. 2023 ist die Lage nicht besser geworden, im Gegenteil. Die Lektüre dessen, wie belletristische Werke auf der U4 angepriesen werden, verlangt starke Nerven. An peinlich-dämlichen Beispielen mangelt es nicht. Deshalb meine persönliche, beliebig erweiterbare Hitliste (ohne Beispiele aus meinem eigenen Verlag):

Platz 10

»Wissen und Sexualität sind beide von einer grundlegenden Negativität in ihrem Innern strukturiert. Diese Negativität verbindet sie miteinander und verweist auf das, was die Psychoanalyse ›Unbewusstes‹ nennt. Das mit Sexualität verbundene Unbewusste wird in Zupančičs Darlegung zum Begriff einer unschließbaren Lücke im Wissen, das so zu einer ebenfalls lückenhaften Ontologie, einem Denken des Seins in seiner Inkonsistenz führt.«
Alenka Zupančič: Was ist Sex? (Turia + Kant)

Was soll man dazu sagen? Da trägt die – schön aufgemachte – Broschur der slowenischen Philosophin einen so ansprechenden, neugierig machenden Titel. Doch man stelle sich die gemeine Leserin, den gemeinen Leser vor, der in einer Buchhandlung das folierte Werk verstohlen in die Hand nimmt, es wendet und diesen Umschlagtext studiert. Was wird dann geschehen? Genau: nichts! Denn abschreckender und rätselhafter lässt sich kaum ein Buch beschreiben. Schreiben Sie mir, wenn Sie erahnen, was Frau Zupančič uns mit ihren negativen Lücken etc. sagen möchte.

Platz 9

»Katharina Hartwells magischer Roman erzählt von einer Rettung durch das Erzählen selbst, der Rettung einer Liebe und eines Lebens, er erzählt von allen Zeiten und allen möglichen Welten.«
Katharina Hartwell: Das Fremde Meer (Berlin)

Geht es eine Nummer kleiner? Gewiss, in den zehn Kapiteln des Hartwell'schen Debüts passiert ziemlich viel, und es ist nicht leicht, dabei den Überblick zu behalten. Dreimal Rettung, das ginge zur Not noch, aber dass gleich »von allen Zeiten« und »allen möglichen Welten« erzählt werden soll, wirkt eine Spur übertrieben. Mir fielen ein paar Welten ein, die die Autorin nicht im Visier hat.

Dieser U4-Text endet übrigens mit einem Lob des Hartwell-Kollegen Markus Orths, das die Sache nicht besser macht: »Ich habe diesen Roman verschlungen – und der Roman mich.« Mahlzeit.

Platz 8

»Ungewöhnlich und präzise: Stephan Groetzners Version der Komödie der Paarwerdung.«
Stephan Groetzner: So ist das (Droschl)

Mehr steht da nicht. Ungewöhnlich und präzise? Für Groetzners Versroman mag das zutreffen, obwohl »präzise« selten eine gute Vokabel ist, um die Qualität von Literatur zu beschreiben. Man sollte sie der Arbeitsweise von Uhrwerken vorbehalten. Selbst die grassierende Angst vor dem Verlust des Genitivs führt nicht dazu, dass die lieblose Genitiv-Häufung diese extrem lieblos angefertigte U4 attraktiver macht. »Paarwerdung« schließlich ist eine sehr hässliche Fügung, die wir selbst in Beziehungsratgebern nicht sehen wollen. Wenn wir dergleichen denn lesen würden. Aber vielleicht ist diese Version der Komödie der Klappentextwerdung ironisch gemeint.

Platz 7

»*Dreimal im Leben* erzählt eine Geschichte voller Sehnsucht und Eleganz. Durchweht von der Nostalgie nach einer Welt, deren Glanz verblasst und deren Melodie verklungen ist, beschwört der Roman den bittersüßen Zauber verstrichener Gelegenheiten – und die lebenslange Liebe zweier Menschen.«
Arturo Pérez-Reverte: Dreimal im Leben (Insel)

»Inhaltliche Rücksichten«, schrieb der Lektor Klaus Siblewski vor ein paar Jahren, müsse der Klappentext nicht nehmen. Das hat man sich im Insel Verlag zu Herzen genommen und die Buchbetrachter davon befreit, über etwaige Inhalte dieses Pérez-Reverte-Romans nachdenken zu müssen. »Inhalte überwinden« hieß schließlich das Motto, mit dem Die Partei vor einigen Jahren bei der Bundestagswahl antrat. Warum auch »content« anbieten, wenn es genügt, emotionale Schlüsselreize – Sehnsucht, Eleganz, Nostalgie, Melodie, Zauber, Liebe – zu liefern, die den in Zeiten steigernder Trennungsquoten gern beschworenen Glauben an die »lebenslange Liebe« nähren sollen. »Marktgängige Edelsubstantive« hat Theodor W. Adorno dergleichen genannt. Der Bittersüß ist übrigens eine anmutige, zu den Nachtschattengewächsen zählende Pflanze. Aufgrund seiner Giftigkeit wird indes vor Selbstanwendung gewarnt – ein Hinweis, den man im Hause Insel leichtsinnigerweise anzubringen vergaß.

Platz 6

»Ein Krieg. New York. Die einst so glamouröse Welt der Bücher und der Literatur, das freie, ungezügelte Leben. Paul Bowman scheint die Welt zu Füßen zu liegen, es ist ein Leben, wie er es sich vollkommener nicht hätte erträumen können – und doch droht ihm alles zu entgleiten.«

James Salter: Alles, was ist (Berlin)

Dagegen ist auf den ersten Blick wenig zu sagen. Allenfalls lohnt es sich, kurz darüber nachzudenken, ob es möglich ist, das Adjektiv »vollkommen« zu steigern. In Klappentexten offenbar schon. Bedauerlicher (dieser Komparativ ist okay) ist es, dass die Hauptfigur in James Salters Roman mit Vornamen nicht Paul, sondern Philip heißt. Blöd.

Platz 5

»Matthias Göritz erzählt in seinem spannenden Dialog-Roman über einen berühmten alten Filmproduzenten und seinen Interviewpartner auch eine ungewöhnliche Art von Vater-Sohn-Geschichte und stellt die Frage nach der Kunst im Spannungsfeld von Geschäft, Massenpublikum und Wahrheit.«
Matthias Göritz: Träumer und Sünder (C. H. Beck)

Schafft dieser Text Kaufanreize? Macht er in seinem hölzernen Duktus Lust darauf, das Buch zu lesen? Nein. Zu allem Überfluss entwickelt diese »ungewöhnliche Art« von Klappentext noch eine Liebe zum Wort »spannend«, das so hoffnungslos inhaltsleer geworden ist, dass man es nicht einmal mehr für die Bewerbung von Krimis und Thrillern einsetzen sollte. Begonnen hat das irgendwann in den 1990er-Jahren, als man des Allerweltanpreisungswörtchens »interessant« überdrüssig wurde und plötzlich die sturzlangweiligsten Dinge »spannend« fand. Wer etwa einen komplexen linguistischen Vortrag zu topologischen Varianten bei Konnektoren oder die Ausführungen eines CSU-Generalsekretärs (der Name des aktuellen ist mir leider entfallen) als »spannend« bezeichnet, lobt sich selbst und seine Fähigkeit zu Gefühlsausschlägen. Von der Überstrapazierung dieses Worts weiß man im Verlag C.H. Beck leider nichts und scheut sich sogar nicht, Göritz' Roman mit der aus faden Sachbüchern oder Dissertationen geläufigen Formel »im Spannungsfeld von« zu belasten. Klappentexte stehen übrigens auch »im Spannungsfeld von Geschäft, Massenpublikum und Wahrheit«.

Platz 4

»Eine Geschichte von dunklen Geheimnissen
und letzten Hoffnungen, mal unfassbar komisch,
dann wieder abgrundtief traurig, immer befreiend –
vom ersten Satz bis zum letzten.«

Annika Scheffel: Bevor alles verschwindet
(Suhrkamp)

Keine Frage, die Bratwurst-, Fassbrausen- und Latthammerwerbung hat es schwerer. Das Potenzial an rühmenden Attributen, die man für deren Produkte bemühen kann, ist nicht übermäßig groß, und es würde die Verkäuflichkeit nicht steigern, wenn man Bratwurst, Fassbrause und Latthammer mit den beliebtesten nebulösen Lobvokabeln der Buchbranche –

virtuos, meisterhaft, glänzend, groß, licht, kraftvoll, anrührend – bewerben würde. Für Romane hingegen darf man (wie für Rotweine und Parfüms) in die Vollen greifen. Irgendwie passt da fast jedes Adjektiv. Wie bei Annika Scheffel, deren Prosa mit »komisch« und »traurig« zu karg beschrieben wäre, weshalb die Suhrkamp-Strategen noch zwei Adverbien (»unfassbar« und »abgrundtief«) draufsatteln. Was übrigens vom ersten bis zum letzten Satz zutreffen soll, über 400 Seiten lang. Die freundliche U4-Fürsprache der Scheffel-Kollegin Annette Pehnt – »Ein Totentanz mit Glücksgarantie!« – hilft nicht weiter.

Platz 3

»Ein Roman über die Macht der Zeit, über Erinnerung und zeitlose Verbundenheit. Ein Roman über fragile Identitäten, über den schönen Schein und die Suche nach dem inneren Licht – funkelnd, glasklar und von subtiler Spannung.«

Marion Poschmann: Die Sonnenposition (Suhrkamp)

Bleiben wir bei Suhrkamps in der Berliner Torstraße, wo man oftmals ungeahnte Höhen der Klappentextpoesie erklimmt. Marion Poschmanns Roman, der es immerhin auf die Shortlist des Deutschen Buchpreises schaffte, kommt da kaum hinterher. Und wahrscheinlich ist das gut so, denn verschwurbelter und dümmlicher lässt sich kaum über ein Buch sprechen.

»Zeitlose Verbundenheit«, »Suche nach dem inneren Licht« – wie kommt man auf solchen Quark? Waren bewusstseinsverengende Drogen im Spiel? Wollte man, dass Siegfried Unseld im Grab rotiert? Und selbstverständlich zeichnet sich Marion Poschmanns Roman überdies durch »Spannung« (siehe Platz 5) aus. Aber nicht durch irgendeine, sondern selbstverständlich durch »subtile«. Suhrkamp-Kultur eben.

Platz 2

»Die schönsten, liebsten und originellsten
Aphorismen und Anekdoten des größten
amerikanischen Schriftstellers – boshaft,
geistreich, witzig wie nie zuvor.«

Mark Twain: Lautstärke beweist gar nichts (Aufbau)

Der Superlativ ist der höchste Steigerungsgrad von Eigenschaftswörtern und taucht auf Klappentexten häufig auf. Manchmal sogar im Viererpack wie hier. Und manchmal sogar komplett unsinnig wie hier. Was um alles in der Welt sind »liebste Aphorismen«? Besonders putzige und herzige? Und was heißt »witzig wie nie zuvor«? Vor wem oder was? Der Tourismusverband im österreichischen Saalbach-Hinterglemm wirbt, nebenbei bemerkt, für seinen »höchstgelegenen Wipfelwanderweg Europas«, zu dem die »Golden Gate Brücke der Alpen« gehört. Davon könnte man sich bei Aufbau inspirieren lassen. Mark Twain, der sich bekanntlich gern über die komplizierte deutsche Sprache mokierte, bekommt davon zum Glück nichts mehr mit.

Platz 1

»Das Atmen und das Lachen.
Wir laufen in zu engen Schuhen.«
Wolf Wondratschek: Mittwoch (Jung und Jung)

Verleger Jochen Jung erläuterte 1999, dass der Klappentext vier Funktionen habe: informieren, reflektieren, animieren, amüsieren. Manche Autoren blockieren jedoch die ordnungsgemäße Umsetzung dieser Maxime. Wolf Wondratschek zum Beispiel, der seinem Verleger – was originellerweise in der Innenklappe des Buches zitiert wird – schrieb: »Wenn es möglich ist, verzichten Sie bitte auf das, was man einen Klappentext nennt. Er ist, wie wir wissen, ein bloßer Notbehelf.« Stimmt. Ganz wollte man dem sensiblen Autor freilich nicht gehorchen und platzierte das mit den zu engen Schuhen auf die U4. Verstehen muss man die beiden Sätze nicht. Der Tübinger Orthopäde und Fußspezialist Dr. Norbert Becker weiß, wie sich das Wondratschek'sche Problem beim Schuhkauf pragmatisch lösen ließe: »Vor den Zehen muss genügend Zugabe zum Abrollen sein, aber auch nicht zu viel. Zehn Millimeter sind ideal.«

Immerhin zeigt dieser stark reduzierte Klappentext womöglich, wohin die Reise geht. Warum sich überhaupt mit einer derart anstrengenden Textsorte herumschlagen? Warum nicht gleich auf Umschlagübertreibungen verzichten? Wie (schon wieder) Suhrkamp bei William T. Vollmanns *Europe Central*, wo uns schwarze Leere entgegenblickt, oder Rowohlt bei Daniel Kehlmanns *F*, wo aus der Einschweißfolie nur der spiegelverkehrte, neblig verschwommene Buchstabe »F« blinkt. Das bedeutet irgendetwas. Ich bin mir sicher.

Klassikerberuhigung

Sich der Literaturgeschichte und ihren Hervorbringungen zuzuwenden entlastet, manchmal zumindest. Wolfram von Eschenbachs *Parzival*, die Sonette des Andreas Gryphius, Goethes *Leiden des jungen Werthers*, Gottfried Kellers *Grüner Heinrich* – das alles sind Meisterwerke, die, auf den ersten Blick, mit den Irrungen und Wirrungen unserer ohnehin dem Untergang geweihten Gegenwart wenig gemein haben und deshalb als erbauliches Refugium dienen können.

Vor Jahren schrieb ich über die schreibende Actrice Iris Berben und rügte das Missverhältnis, das sich zwischen ihrer gurkenmaskengeprägten Medienomnipräsenz und der Güte ihres Filmschaffens auftut. Das brachte mir freundliche Briefe und Emails freundlicher Frauen ein … was freilich nicht verhinderte, dass mich aus dem Umfeld der Diva höchst empfindsame Menschen bedrohten und »Rufmord« witterten. Um mein Nervenkostüm zu schonen, will ich davon absehen, mich in diese Niederungen zu begeben, werde Iris Berben also fortan in meinen Schriften nicht mehr erwähnen und stattdessen jenes Mittel verraten, das Kraft schenkt, was auch immer einem angetan wird: Lesen Sie Adalbert Stifter!

Stifter? Ja, genau, der gestrenge Schulrat aus Linz, der vor über einhundertachtzig Jahren die Sonnenfinsternis in Wien beobachtete und trefflich beschrieb, Novellensammlungen wie die *Bunten Steine* veröffentlichte, Unmengen von Nahrungsmitteln zu vertilgen pflegte und seinem Leben – was die Hardliner-Fangemeinde bis heute schönzureden sucht – mit dem Rasiermesser ein Ende setzte.

Es liegen keine gesicherten Studien darüber vor, ob Stifter außerhalb seines oberösterreichischen Kernlesergebietes heute noch wahrgenommen wird. Gewiss, die Germanistik hat sich seiner mit der ihr eigenen Akribie angenommen, ihn zuerst als possierlichen Idylliker abgetan, der es mit dem europäischen Realismus eines Flaubert oder Stendhal auf keinen Fall aufnehmen könne. Danach entdeckte man das Abgrundtiefe und Prämoderne in Stifters Werken und fahndete im statuarischen Ambiente seiner Romane allenthalben nach erotischen und morbiden Fußangeln. Stifters Texte wurden, wie es sich gehört, in einer opulenten historisch-kritischen Ausgabe aufbereitet, die seit Jahrzehnten auf ihren Abschluss wartet. Nachfolgende Kollegen rühmten ihn (wie Thomas Mann, Hermann Lenz oder Peter Handke), verdammten ihn (wie Arno Schmidt) oder ließen (wie Thomas Bernhard) alles in der Schwebe.

Wer heutzutage ungefragt zugibt, Stifter-Leser zu sein, hat es schwer. Umso schöner freilich ist die Freude, zufällig, an einem herrlichen Oktobertag etwa, mit einem Menschen ins Gespräch zu kommen und sich gegenseitig die Liebe zu Stifters Roman *Der Nachsommer* einzugestehen. Das sind Augenblicke wahrer Seelenverwandtschaft, denn es bedarf einer gewissen inneren Stählung, um diese Erzählung eines Bildungsgangs zu goutieren, in dem alles nach Plan verläuft und herzlich wenig passiert. Junge Leser werden das in der Regel nicht sein, haben diese doch mit den Klassikern gemeinhin ihre liebe Müh und Not. Nachdem meine Tochter mir einst berichtete, in welch seligen Schlummer sie bei der Lektüre von Gottfried Kellers *Kleider machen Leute* gefallen sei, verzichtete ich später darauf, sie mit Stifters *Bergkristall* oder *Hochwald* bekannt zu machen. Man darf die Jugend nicht überfordern. Mein Sohn schlief übrigens über *Wilhelm Tell* ein.

Die Nagelprobe der Stifter-Kenner- und Liebhaberschaft ist *Witiko*, jener zwischen 1865 bis 1867 erschienene, im Mittelalter angesiedelte Roman, dem nur mit beinharter Ausdauer beizukommen ist. Ich las ihn – warum nur? – irgendwann in den Achtzigern während eines Campingurlaubs in der Bretagne. Der Regen trommelte auf das sehr dünne Zeltdach, der Rotwein (»… aus verschiedenen Ländern der Europäischen Gemeinschaft«) war schlecht, und ich kämpfte mich durch die mit Engelsgeduld ausgebreitete Herrscherhistorie Böhmens. Im *Witiko* (knapp 900 Dünndruckseiten) finden sich zahllose Dialoge, die meist wie folgt ablaufen: »›Die Menschen trennen sich und haben Schmerz‹, sagte Benno, ›und sie kommen wieder zusammen und haben Freude.‹ ›Ich weiß, dass es so ist‹, sprach die Base, ›und gebe den Scheidenden Segenswünsche auf den Weg und freue mich, wenn sie wieder kommen.‹«

Damit lässt sich mühelos ein dreiwöchiger verregneter Zeltaufenthalt überbrücken. Die Frau, die damals an meiner Seite war, ist heute nicht mehr an meiner Seite. Dessen ungeachtet steht die Winkler-Ausgabe des *Witiko* bis heute in Griffnähe. In ihr zu lesen beruhigt ungemein, und ich vergesse mit einem Mal alle Widrigkeiten und alle Iris Berbens dieser Welt … Witiko!

Kochbücher

Mit Marieluise Christl-Licosa fing es an. *Echt italienisch kochen* hieß das schmale Buch der Südtiroler Autorin, welches ich mir als junger Mann kaufte, um das, was ich beim Blick über Mutters Schulter gelernt hatte, in der Küche zu erweitern. Christl-Licosas Standardwerk hat seinen Stammplatz in meinem Kulinarikregal nie verloren. Zerlesen ist es, von Soßenspuren gezeichnet (im Antiquariat heißt das »deutliche Gebrauchsspuren«) und wird bis heute befragt, wenn ich unsicher bin, wie viele Sardellenfilets man für die Gremolata braucht, mit der ich beim Ossobuco milanese die Haxenscheiben überziehe.

Von heute aus betrachtet ist Christl-Licosas Büchlein von rührender Schlichtheit. Es kommt mit wenigen Fotos aus, liefert klare Handlungsanweisungen und verzichtet selbst im Vorwort auf Überhöhungen. Immerhin deutete *Echt italienisch kochen* bereits an, dass im Kochbuchgenre die Zubereitung von Speisen allmählich zu einem zelebrierenden Akt werden sollte. Vorbei schon damals die Zeiten, als Generationen von (angehenden) Hausfrauen zu Klassikern wie Dr. Oetkers *Schul-Kochbuch* (zuerst 1911) oder Paula Horns *Kochbuch mit Ernährungs- und Nahrungsmittellehre* (zuerst 1925) griffen. Horn, von Beruf Direktorin einer Mädchenfortbildungsschule in Karlsruhe, verzichtete ganz auf Abbildungen und gab sogar Hilfestellung bei der Zubereitung eines Wurstbrötchens, »verziert mit Scheibchen von Essiggurken«.

Das Internet schließlich veränderte den Kochbuchmarkt entscheidend. Marktführer wie der Münchner Verlag Gräfe und Unzer mussten sich bescheiden, als es ganz einfach wurde, mit ein paar kostenlosen Klicks alltagstaugliche Coq-au-vin-Rezepte abzurufen. Das Kochbuch nahm edlere, großformatige Formen an, setzte auf medial omnipräsente Fernsehköche (Mälzer! Lafer! Schuhbeck!, als der noch …) und prunkte mit glanzvollen Fotos, auf denen Gerichte stets schöner aussahen als das, was man zu Hause fabrizierte. Diese Bücher adelten ihre Besitzer und sprachen zunehmend Männer an, die nicht nur SUVs, sondern auch edle Coffee-Table-Kochbücher besitzen wollten.

Hand in Hand mit diesem Trend ging eine zunehmende Emotionalisierung des Speiseplans. »Soulfood« hieß das Zauberwort, das die Zubereitung und den Verzehr zu einem seelentherapeutischen, mitunter spirituell angehauchten Akt machte. Als sich schließlich mehr und mehr Menschen zu einer vegetarischen oder veganen Ernährung bekannten, wurden die Kochbücher »grüner« und ließen plumpe Fleischgerichte ins Hintertreffen geraten. Damit ist, außer es handelt sich um hartnäckige Grillfans in Lederschürze, im Buchhandel kaum noch Staat zu machen, und neuerdings schicken sich Größen der Zunft an, die Entwicklung voranzutreiben.

Yotam Ottolenghi, Betreiber des kultisch verehrten Londoner Nobelrestaurants Nopi, legte schon vor über zehn Jahren den einschlägigen Band *Genussvoll vegetarisch* vor und unternahm danach in *Flavour. Mehr Gemüse, mehr Geschmack* neue »Entdeckungsreisen in die Welt des Gemüses«. Zusammen mit seiner Co-Autorin Ixta Belfrage festigt er darin seinen Ruf als kosmopolitischer Denker des Metiers. Kein Wunder also, dass Ottolenghi, der einen Masterabschluss in vergleichender Literaturwissenschaft hat, ungewöhnliche Gliederungsprinzipien für seine Rezeptsammlung findet.

»Prozesse«, »Partner« und »Produkte« lauten seine »Schlüsselbegriffe«, mit denen er eine »Art ›Aromatherapie‹, maßgeschneidert für Gemüse« verschreibt. So lesenswert seine Erläuterungen dazu sind, so wenig lässt sich leugnen, dass dieser intellektuelle Überbau nicht frei von Modefloskeln ist. Um das Potenzial von Gemüse auszuschöpfen, bedürfe es einer »fokussierten kreativen Kraft«, die dazu führe, dass sich selbst der »simple Blumenkohl« permanent »neu erfinde«. Das muss man auf der Zunge zergehen lassen: ein Blumenkohl, der sich ständig neu erfindet …

Naturwissenschaftliche Erkenntnisse liegen »Flavour« nicht nur zugrunde, sie werden vielmehr explizit ausgebreitet, sodass die interessierten Leserinnen und Leser erfahren, dass das Gemüsebräunen von Lebensmittelchemikern als Maillard-Reaktion bezeichnet wird. Ob dieses Wissen am Herd weiterhilft, sei dahingestellt, doch es scheint ohnehin so, dass Ottolenghi darauf abzielt, die Gattung Kochbuch für Philosophiedoktoranden anschlussfähig zu machen. Folgerichtig greift er zu der Vokabel, mit der seit Jahren nicht nur Kultur- und Literaturwissenschaftler Eindruck machen wollen: Seine Rezepte würden sich zu einem »Narrativ« zusammenfügen, zu einer »stringenten Erzählung, die einen Sinn ergibt und einen Nerv trifft«.

Unprätentiöser geht es in den Kochbüchern der von der Schwäbischen Alb stammenden und in Basel lebenden Tanja Grandits zu. Zweimal wurde sie zuletzt von Gault Millau als »Koch (!) des Jahres« ausgezeichnet, und ihr Restaurant Stucki ist mit zwei Michelin-Sternen dekoriert. Ihr Buch *Tanja vegetarisch. Grüne Lieblingsrezepte für jeden Tag* strahlt eine sympathische Heimeligkeit aus. Eine »Art kulinarisches und geschmackliches Album« will sie vorlegen, entstanden in einer Phase ihres Lebens, die sowohl von den »Aromen der Stunde« – Sesam, Limette, Rosmarin und geschroteter schwarzer Pfeffer – als auch von ihrer Tochter Emma geprägt ist.

So führt Tanja Grandits mit sympathischer Offenheit aus, dass ein gut gedeckter Frühstückstisch viel mehr als bloße Sättigung verheißt. »Gutes Essen ermöglicht es einem letztlich, gut zu denken, gute Ideen zu haben und richtig zu handeln«, schreibt sie unverblümt – eine Botschaft, auf die die Moralphilosophie der letzten Jahrhunderte nicht gekommen ist. Leidenschaftlich geht es in ihrem Buch zu, und wer von den Urkräften des Gemüses noch nicht überzeugt ist, erhält eine fulminante Lehrstunde.

Hülsenfrüchte sind in dieser Sichtweise »Kraftwerke der Natur«; Suppen besitzen »fast schon ›philosophische‹ Tiefe«, und Reis- und Pastagerichte lösen »gute Gefühle« aus. Beim Einheizen ihres Ofens empfindet Grandits eine »archaische Kraft«; ein Kichererbsen-Curry gerät zu einem »seelenwärmenden Essen«, und eine Tasse Matchatee lässt »Flügel« wachsen, die »einen mühelos tragen«. Es ist nicht wenig, was dem Kochen da aufgebürdet wird. Wo die Menschen in ihrem Alltag offenbar immer seltener Erfahrungen der Erfüllung machen, soll eine liebevoll gestaltete vegetarische Mahlzeit für Ausgleich und wie bei Grandits' Dampfnudeln für »Heimat, Wohlgefühl und Wärme« sorgen.

Auf dieser Klaviatur des verklärenden Kochbuchs weiß Nigel Slater trefflich zu spielen. Dass sich allein mit fleischlastigen Rezepten heute kaum noch Renommee einfahren lässt, hat der englische Journalist längst begriffen. Nachdem er sich um fleischlose Frühlings- und Sommergerichte gekümmert hatte, wandte sich sein Buch *Greenfeast. Herbst – Winter* den tristen Monaten zu, die er mit seinen Kompositionen aufhellen möchte.

Slater ist vielleicht der derzeit am besten schreibende Kochbuchautor. Er weiß originelle Geschichten zu erzählen, kreiert kunterbunte Rezepte, über die Sterneköche vermutlich die Nase rümpfen, zählt (im Einklang mit Ottolenghi) Knollensellerie zu den »am meisten unterschätzten Gemüsearten«, gesteht, dass »Auf Toast« für ihn die »beiden schönsten Wörter der Welt« sind, setzt Crème double, Butter und Sahne so üppig ein, als gäbe es kein Morgen, und bekennt sich zu seinen subjektiven Vorlieben: »Ich mag beigefarbenes Essen.«

Wie Tanja Grandits fährt Slater schweres Geschütz auf, um die Segnungen einer guten Küche zu verdeutlichen. Ein Kartoffel-Rosenkohl-Mix gerät ihm zum »Heilmittel für alles«, und für Menschen, die in kalten Novemberstunden nicht weiterwissen, hat Slater Rat, nein: Trost. Denn davon ist auf vielen Seiten die Rede: von tröstlichen Aufläufen und Suppen. Ein Milchreisgericht ist »weich und tröstlich wie eine Kaschmirdecke«, und wer es britischer haben möchte, der greife zum Slater'schen Porridge, das wie eine »Art innerer Dufflecoat« wirke.

Kochbücher sind nicht mehr das, was sie einmal waren. Das hat seine guten Seiten, keine Frage, doch die übertriebene Emotionalisierung gibt dem Genre einen therapeutisch-esoterischen Touch, der komische Blüten treibt. Wer wäre früher auf den Gedanken gekommen, ein Zwiebelgericht (Ottolenghi) oder mit Pilzen gefüllte Buns (Grandits) zu einer »Offenbarung« zu erklären? Marieluise Christl-Licosa hätte sich, da bin ich mir sicher, selbst beim schönsten Spaghetti-Carbonara-Rezept dazu nicht verstiegen.

Der Ordnung halber möchte ich erwähnen, dass es Kochbücher gibt, die deutlich konkreteren Trost versprechen – wie Anna Cavelius' und Monika Schusters Standardwerk *food for love*, das Nahrungsmittel (Austern, Sellerie, rohe Eier, Chili, Artischocke u. a.) danach ordnet, inwieweit sie aphrodisierende und potenzfördernde Wirkkraft entwickeln.

Kohlsuppen

Wurden – long long ago – zum zeitweiligen Rettungsanker des Diät- und Abspeckbuchmarktes. Deren erfolgreichste Propagandistin hieß Marion Grillparzer, die mal magische, mal sagenhafte Kohlsuppenrezepte im Minutentakt lieferte. Dem Versprechen, in sieben Tagen bis zu fünf Kilo abzunehmen, wurde leichtfertig Glauben geschenkt, und so waberte jahrelang dieser schwere, jede Lebenslust abtötende Kohlsuppengeruch durch deutsche Haushalte. Schlimme Zeiten waren das.

Später kamen andere Ideen auf, um vorzeitiger Verfettung und mangelndem Seelenfrieden vorzubeugen. Laufen mit dem immer gut gelaunten Dr. Strunz zum Beispiel. Oder Sigrid Schmidts *Bach-Blüten für innere Harmonie* oder Brigid Rylls und Stefan Jarzombeks *Bachblüten als Erkenntnisweg*. Das *Bachblüten-Arbeitsheft für Hunde* jedoch ist für mich, da ich keine Haustiere habe, nicht von Belang. Womöglich lässt sich aus Bachblüten aber eine wohlschmeckend-magische Suppe mit geringer Kalorienzahl zubereiten.

Kultbücher

Wurde darüber nicht bereits alles gesagt? Schon Eckhard Henscheid hielt in seiner Sammlung *Dummdeutsch* unzweideutig fest: »Jeder Dreck ist heute gleich ›Kultbuch‹ und ›Kultfilm‹, auch ohne Bogart o. Ä.« Genützt hat das wenig, und so ist die Epidemie der Kultbücher bis heute nicht ausgerottet. In jeder zweiten Saison versuchen Verlage, »Kultbücher« zu lancieren oder zu reanimieren. Was darunter zu verstehen ist, lässt sich nicht einfach sagen. Frank Schäfer und Christian Klein haben kluge Bücher darüber geschrieben, versehen mit dem Hinweis, dass in der deutschsprachigen Literatur Goethes *Die Leiden des jungen Werthers* wohl den Anfang der sehr langen Kultbuchkette bildet.

»Kultbücher« treffen irgendwie und irgendwo einen Nerv, spiegeln ein meist diffuses Lebensgefühl wider, verbreiten sich in bestimmen Cliquen, Peergroups oder Generationen, gelten als Erkennungszeichen unter Gleichgesinnten (»Du liest auch Christian Kracht, oder?«), verbreiten sich oft durch Mund-zu-Mund-Propaganda und entwickeln sich zu Longsellern.

Was alles im Lauf der Jahrhunderte und Jahrzehnte »Kult« wurde, ist nicht zu überblicken. R.L. Stevensons *Schatzinsel*, Hermann Hesses *Der Steppenwolf*, Antoine de Saint-Exupérys *Der kleine Prinz*, J.D. Salingers *Der Fänger im Roggen*, Bernward Vespers *Die Reise*, Verena Stefans *Häutungen*, Rolf Dieter Brinkmanns *Rom, Blicke*, Fritz Zorns *Mars*, Philippe Djians *Betty Blue* – all diese Werke (und viele mehr) galten oder gelten als »Kultbücher«, was über deren Qualität nicht unbedingt etwas aussagt. Die Bezeichnung »Kult« kann laut Duden – daran erinnern wir gern – Ausdruck einer übertriebenen Verehrung sein.

Leseglück

Ehrlich gesagt: Ich kann es nicht mehr hören – und lesen. Dieses trunkene Anfeuerungsgerede, diese hyperagile Selbstaufmunterung, diese suggestive Einflüsterung, dass ein menschenwürdiges Leben nur denjenigen beschieden sei, die lesen. Seit Jahren geistert dieser unheilvolle, inhaltsarme Satz durch die Feuilletons, durch Buchempfehlungsblogs und durch den Ratgebermarkt: »Lesen macht glücklich!« Eine Behauptung, die auf vielen halbwahren und halbgaren Voraussetzungen beruht und die durch kraftvolles Wiederholen nicht einsichtiger wird. Natürlich propagieren das Leseglück vor allem diejenigen, die von Berufs wegen an die Unverzichtbarkeit und an den Nutzen von Lektüre glauben, glauben wollen: Lektorinnen, Büchereidirektoren, Literaturkritiker und Verlegerinnen. So wie sich Klempner irgendwann die Überzeugung angeeignet haben, dass ein gesichertes, glückliches Leben nur durch zuverlässige Klempnerdienste zu erlangen sei.

Natürlich geht es den Lesepropagandisten nicht um jede x-beliebige Art des Lesens. Besonderen Stellenwert erhält seit jeher die Belletristik, deren konkreter Nutzen ein klein wenig vage zu definieren ist und die sich deshalb so schön mit dem nicht minder diffusen Begriff des Glücks kombinieren lässt. Was vielleicht schon der erste Grundirrtum ist, denn als glücklich zu bezeichnen ist wohl eher derjenige, der pragmatische, alltagstaugliche Werke wie *Was tun, wenn Kinder nicht hören?* oder *Schrauber-Handbuch Traktor-Oldtimer: Restaurieren und reparieren* konsultiert.

Die intensive Lektüre dieser Standardwerke bringt nämlich einen Effekt hervor, der mit Händen, ja mit allen Sinnen zu greifen ist. Wer diese Anleitungen sorgfältig studiert, wird nach wenigen Wochen in der Lage sein, seine störrischen Kinder besser zu verstehen und einen klitzekleinen Traktor instand zu setzen – und auf diese Weise herrliche Befriedigung, ja womöglich Glück erfahren. Wie anders sieht es da bei der Fiktion aus, jenen oft tieftraurigen Geschichten von scheiternden Ehen, unschönen Selbstmorden und blutigen Kriegen? Daraus Elemente herauszufiltern, die zur Lebensbereicherung beitragen, ist ein komplexer Vorgang, den die Werbefloskel »Lesen macht glücklich!« nur ansatzweise erfasst.

Im dunklen Wald und im dunklen Keller pfeifen wir, um unsere Angst vor Hexen und Monstern zu vertreiben. Und aus diesem Grund wohl werden die flammenden Leseappelle in letzter Zeit immer lauter und schriller. Je eindeutiger Statistiken belegen, dass die Zahl der lesenden Menschen abnimmt, je häufiger Schüler daran scheitern, »Ganztexte« von zwanzig Seiten zu verstehen, je klarer wird, dass es außer Emmanuel Macron und Barack Obama nur Politiker gibt, die in Alibiinterviews angeben, sich im Urlaub gern ein »gutes Buch« (bevorzugt Nicht-Belletristisches) zu Gemüte zu führen, desto lauter schlagen die Leseapologeten Alarm. Die flamboyante Empfehlerin Elke Heidenreich hielt schon 2003 fest: »Ohne Lesen verblöden wir. Lesen macht glücklich, davon gehe ich aus«, und vier Jahre später legte Stefan Bollmann mit *Warum Lesen glücklich macht* nach. Damit nicht genug: Bald schon sattelte derselbe Autor zwei drauf, mit seinen Büchern *Frauen, die lesen, sind gefährlich und klug* und *Warum ein Leben ohne Goethe sinnlos ist* – als hätte Loriots gern zitiertes Diktum »Ein Leben ohne Mops ist möglich, aber sinnlos« nicht ausgereicht.

So geht das in einem fort, etwa in einer *Gebrauchsanweisung fürs Lesen*, die Felicitas von Lovenberg, ehemalige Literaturchefin der *Frankfurter Allgemeinen* und heutige Piper-Verlagsleiterin auf den Markt gebracht hat. Während sich die erfolgreiche »Gebrauchsanweisung«-Reihe früher darauf beschränkte, praktische Hinweise für Reisen nach Sizilien oder Norwegen zu geben, scheint es nun an der Zeit, Beipackzettel fürs Lesen zu liefern. Das Cover zeigt komischerweise eine kopflose Frau in Ankle-Jeans, die ihre Finger- und Zehennägel apart rot lackiert hat und in einem Blankbuch liest.

Die *Gebrauchsanweisung fürs Lesen* tut, was alle tun, die Angst vor dem Verlust einer sehr alten Kulturtechnik haben: Sie lässt die alten Leseratten Alberto Manguel und Umberto Eco zu Wort kommen und zitiert aus zahllosen Studien, die das Lesen keineswegs nur als Bildungs- oder Erkenntnisvehikel preisen. Nein, das »gute, wahre, schöne vertiefte Lesen« versteht sich als Allzweckwaffe, sorgt, wenn man nur früh genug damit beginnt, für ein höheres

Einkommen, eine längere Lebenserwartung und ein kritisches Bewusstsein. Selbstverständlich fördert es, so Lovenberg, emotionale Intelligenz und Empathiefähigkeit, macht uns, wenn schon, denn schon, zu besseren Menschen: »Romanleser sind überdies versiert im Zwischenmenschlichen und nachweislich freundlicher und einfühlsamer.«

Kein Wunder, dass diese »Gebrauchsanweisung«, die eher eine Gebrauchsaufforderung ist, eine Kapitelüberschrift wie »Lesen macht glücklich – und gut« aufweist und uns in Versuchung bringt, Viktor Orbán oder Kim Jong-un ein paar Fontane- oder Dickens-Gesamtausgaben nach Hause zu schicken. Beiseiteschieben müssen wir in diesen Momenten, dass es recht unsympathische Literaturenthusiasten gibt, dass Joseph Goebbels promovierter Germanist war und erhöhter Kunstgenuss zahllose Verbrecher nicht von ihrem Tun abgehalten hat.

Wo immer das Lesen als glücksstiftende Maßnahme gefeiert wird, bleiben störende Faktoren außen vor. Kein Wort davon, dass es – jede Buchmesse liefert Hunderte von Belegen – sehr viele anödende, peinigende, das Unglück mehrende Bücher gibt, und keines davon, dass es in der Literatur wie im Leben zuhauf Wesen gibt, die die Literatur ins Verderben gestürzt hat. Gustave Flaubert zum Beispiel lässt keinen Zweifel daran, dass es nicht zuletzt die Bücher waren, die die schäumenden Träume seiner Heldin

Emma Bovary ungut nährten. Das Lesen verdirbt deren junges Gemüt. Wo immer Herrensitze, Schlösser, feurig Liebende oder Ritter in den musikalischen und literarischen Romanzen auftauchen, die Emma in wilder Gier verschlingt, sieht die verblendete Leserin ihren eigenen Weg vorgezeichnet: Die »Realitäten des Lebens« nehmen dort den »fantastischen Zauber der Sentimentalität« an – ein Verhängnis. Die Bücher haben Emma Bovary geschadet, das lässt sich nicht anders sagen.

Selten erinnern die Leseglücksherolde an Aleida Assmann, die darauf verwies, dass selbstvergessenes Lesen zu »Eskapismus« und damit zu »Lebensunglück« führen könne. Und nirgendwo finden sich die spitzen Bemerkungen des Literaturkritikers Ulrich Greiner: »Lesen ist, wie die Fähigkeit, Rad zu fahren oder den Computer zu benutzen, eine Kulturtechnik, man muss sie beherrschen, um in dieser Gesellschaft überleben zu können. Mit Glück hat sie nichts zu tun, eher im Gegenteil: Das dauerhafte, wahrhafte Glück besteht wahrscheinlich in der vollendeten Dummheit.«

Man sieht: So einfach ist das mit dem Glück und dem Lesen nicht. Die Einprägsamkeit des so herrlich klar klingenden Satzes »Lesen macht glücklich!« darf darüber nicht hinwegtäuschen. An den alten Slogan »Fleisch ist ein Stück Lebenskraft« glaubt man auch nicht mehr uneingeschränkt. Niemand wird vermehrt zu Büchern greifen, weil er sich davon ein längeres Leben oder ein höheres Einkommen erwartet. Es ist kein gutes Zeichen, wenn die Lektüre eines feinen, Augen öffnenden Romans mit Heilserwartungen verknüpft wird.

»Lesen macht glücklich!« – wie schön wäre es, diesen Satz in den nächsten fünf Jahren nicht mehr zu hören. Vielleicht ist seine inflationäre Verwendung ja sogar das alarmierendste Krisenindiz. Aus der Defensive, in der sich die Buchbranche befindet, gelangt man nicht, in dem man sich selbst permanent Mut zuspricht und sich von sich selbst überzeugt zeigt. Das wäre ja so, als betriebe Christian Lindners FDP Krisenbewältigung dadurch, dass sie eine »Gebrauchsanweisung für FDP-Politik« veröffentlichen würde. Mit Sätzen wie »FDP macht glücklich« oder so.

Lesung, ideale

Da mag man klagen, wie man will. Über den Zustand der Literaturkritik, über die politische Mutlosigkeit deutscher Autorinnen und Autoren, über das Verschwinden kleinerer Qualitätsbuchhandlungen oder über die zurückgehenden Verkaufszahlen ernsthafter Belletristik. Wie kritisch es gegenwärtig um das Ansehen von Literatur auch bestellt sein mag – an der Popularität von Lesungen besteht hierzulande kein

Zweifel. Im Gegenteil, überall werden neue Formate kreiert, schießen Festivals aus dem Boden, und überall geht es darum, Schriftstellern zu lauschen und ihnen möglichst nah zu sein.

Dass Dutzende von Menschen zusammenkommen, um sich aus einem Buch vorlesen zu lassen, das sie bequem zu Hause im Sessel konsumieren könnten, und sich nicht einmal durch ein ausgesprochen schlichtes, unhippes Ambiente (Stuhl, Tisch, Wasserglas) abschrecken lassen – das ist ein offenbar nicht wegzudenkendes Phänomen unserer Kultur. Die Aura des Dichters ist auch in Onlinezeiten kein Klischee von gestern, ja scheint eher an Bedeutsamkeit zu gewinnen. Wir möchten hören, wie Dichterinnen und Dichter lesen, wie sie sich geben und wie sie über ihre Texte sprechen, und wir wollen ihre Signaturen nach Hause tragen.

Lesungen dienen zur Profilierung von Veranstaltern aller Art, und sie sind für manche Autoren zu einer wichtigen Einnahmequelle geworden – und nicht selten zu einer Quelle der Inspiration. Denn nicht immer fällt einem ein, wovon die nächsten Geschichten handeln könnten, sodass sich – auf diesen Gedanken sind in den letzten Jahren viele gekommen –, wenn man partout kein Thema hat, wunderbar von den Schönheiten oder, besser noch, von den Schrecken einer Lesereise erzählen lässt. Was kann einem nicht alles widerfahren, wenn man in Murrhardt, Anklam,

Wanne-Eickel oder Freilassing aufzutreten hat und auf völlig unerwartete Begleitumstände trifft.

Da gibt es Veranstaltungsräume, die nach kaltem Döner riechen, Hotels, deren Auslegeware es verbietet, sich die Socken auszuziehen, und Volkshochschulleiter, die bei der Einführung des Autors signalisieren, dass sie viel lieber das Champions-League-Spiel im Fernsehen sähen und keine Zeile des zur Rede stehenden Buches gelesen haben. Ganz abgesehen von den Segnungen, die die Deutsche Bahn Tag für Tag bereithält, und von den Abenden, zu denen sich außer dem Veranstalter und seinen Angehörigen keine weitere Menschenseele einfindet.

Nicht verschwiegen werden darf, dass das Debakel einer Lesung hin und wieder auch an den Autoren selbst liegt. An jenen von sich selbst restlos überzeugten Exemplaren, die lustlos ihren Text herunterleiern, schon im Vorhinein die engagierte Buchhändlerin mit einem Hinweis auf die untragbare »Tisch-Stuhl-Licht-Achse« quälen, beim Essen stets das teuerste Gericht wählen, damit unzufrieden sind und zu viel trinken.

Wie kompliziert die Sachlage ist, zeigt das von Klaus Siblewski und Hanns-Josef Ortheil herausgegebene und höchst amüsante Bändchen *Die ideale Lesung*, das nach einem Fund in einem Wiener Archiv entstand. Dort entdeckte Lektor Siblewski ein mehrseitiges Manuskript des österreichischen Wortjongleurs Ernst Jandl. Für diesen waren Lesungen Inszenierungen seiner Arbeit, die mit größter Sorgfalt vorbereitet wurden. Leidgeprüft entschloss sich Jandl, seinen Veranstaltern »Hinweise« mit auf den Weg zu geben – in der Hoffnung, seine Auftritte auf diese Weise zu perfektionieren und Konflikten vorzubeugen. Nichts, so scheint es, wollte Jandl dem Zufall überlassen. Einen »angenehmen Stuhl« galt es bereitzuhalten, »stilles, temperiertes Wasser« ebenso. Das Hotel musste einen Fahrstuhl aufweisen; vor dem Signieren pflegte Autor Jandl, der ja weit mehr als ein bloßer Rezitator war, eine Rauchpause einzulegen, »private Autogrammjäger« mit »ganzen Kofferladungen längst vergriffener Bücher« waren fernzuhalten. Und auch das, was nach getaner Arbeit folgte, wurde von Ernst Jandl sorgsam bedacht: »Nach der Veranstaltung ist Ernst Jandl einem geselligen Beisammensein in kleinem Kreis sehr aufgeschlossen. Eine Tischreservierung in einem gutbürgerlichen Lokal ist dem Autor willkommen. Bitte fragen Sie aber vorher nach, wann die Küche schließt, da Sie unter Umständen erst gegen 23 Uhr im Lokal sein werden.«

Jandls Bemühungen, nichts außer Acht zu lassen, ist anregend – gerade für seine nachgeborenen Kolleginnen und Kollegen. Siblewski und Ortheil haben sich folglich aufgemacht, rund zwei Dutzend Autorinnen und Autoren – von Alex Capus bis Ron Winkler – nach ihrem »schönsten/grausamsten Lesungserlebnis« und ihrem Traum einer unübertrefflichen Lesung zu befragen. Herausgekommen sind dabei höchst unterschiedliche Erfahrungsberichte, Mängel- und Sehnsuchtslisten, die zeigen, dass das Auftreten manche mehr als das Schreiben selbst zu beschäftigen, ja zu quälen scheint.

Max Goldt zum Beispiel weiß von Wespenattacken, auf die Bühne springenden Riesenhunden und explodierenden Lampen zu berichten, Kerstin Hensel von der Inhaberin eines Frauenbuchladens, die Einlass begehrende Männer notfalls mit einer Pistole abzuwehren bereit war, und Nadja Küchenmeister von ihrer Angst, Erdnussflips kredenzt zu bekommen, »da sie durch den Anblick von Erdnussflips an eine Zeit in ihrem Leben erinnert wird, an die sie während einer Lesung nicht erinnert werden möchte«.

Zu den nachhaltigsten Schmerzen, die Autoren verarbeiten müssen, gehört die Erkenntnis, dass man sie eher aus Versehen eingeladen hat, dass man einen anderen viel lieber gesehen hätte. Alain Claude Sulzer berichtet so glaubhaft vom Versprecher einer Buchhändlerin, der tief blicken lässt. Nach dem Aufsagen eines Wikipedia zu verdankenden biographischen Abrisses hieß sie Sulzer herzlich willkommen – mit dem Schönheitsfehler, dass sie ihn als »Alain Claude Suter« ankündigte. Wer will es dem so fatal falsch Avisierten verdenken, dass seine Gedanken sofort zu kreisen begannen: »Hätte sie dem begierigen Publikum lieber Martin Suter präsentiert? Natürlich. Wie könnte man den Lapsus anders interpretieren? War er zu teuer? Natürlich war er zu teuer! Also kramte die Veranstalterin in ihrem Gedächtnis oder ging vor ihrer Bücherwand auf und ab, wo Sulzer Schulter an Schulter neben Suter steht und dachte sich: Suter kann ich mir nicht leisten, Sulzer schon, warum also nicht Sulzer?«

Erfahrene Auftrittskünstler wissen mit diesen und anderen Schmerzen umzugehen. Im Lauf der Jahre härtet man ab, eignet sich selbst Formen der subtilen Rache an, um mit missliebigen Veranstaltern und Zuhörern zurechtzukommen. Friederike Mayröcker beantwortete unsinnige Einwürfe knallhart: »Fragt jemand ›wie schreiben Sie eigentlich?‹, antworte ich ›ich schreibe etwa, wie Francis Bacon malt‹« – was mit großer Wahrscheinlichkeit keine peinigenden Rückfragen nach sich zieht. Und Michael Krüger weiß genau, wie man ein eventuell ungeduldiges oder ermüdet wirkendes Publikum in Sicherheit wiegt und bei Laune hält. Sein Ratschlag an einen ungeübten Lyriker lautet deshalb: »Auch zu lange Pausen verstören das Publikum und führen zu sofortiger Abwanderung. Gar nicht darf er fragen, ob es nun genug sei, weil die Gefahr des sofortigen Aufbruchs aller Zuhörer besteht. Auch die dreifache Wiederholung eines Gedichts über den Anblick von Venedig von der Lagune aus führt zu Unmut, weil unterstellt wird, dass keiner der Zuhörer je in Venedig war. Am besten also nach der Hälfte sagen: Ich komme bald zum Schluss.«

So gehören auch Notlügen zum Geschäft, denn das Potenzial des Misslingens ist unerschöpflich. John von Düffel weiß gar 99 Möglichkeiten für eine »nichtideale Lesung« zu nennen, eine davon ist für die Mutigen, die in der ersten Reihe Platz nehmen, besonders unerfreulich: »Dein Mund ist trocken, aber deine Aussprache feucht.«

Die Sammlung von denkbaren Lesungskatastrophen, die Siblewski und Ortheil zusammengetragen haben, ist eine Hilfe für Veranstalter. Sie macht diesen aber womöglich Angst, und so kann es gut sein, dass der eine oder andere Abstand nimmt, einen real existierenden Autor zu präsentieren und stattdessen aus *Die ideale Lesung* lesen zu lassen. Von zwei, drei Schauspielern etwa. Obwohl … stehen diese nicht im Ruf, noch kapriziöser als Autoren zu sein?

Literatur und Fernsehen

Vielleicht sollte man es lassen. Vielleicht wäre es am besten, stillschweigend zu resignieren und anzuerkennen, dass die Literatur im Fernsehen nichts zu suchen hat. Gewiss, wo alle Welt von »Leseförderung« spricht, fällt das nicht leicht. Und ja, wo, wie in Deutschland, öffentlich-rechtliche Sendeanstalten einen Bildungsauftrag haben, lässt sich die Literatur nicht mir nichts, dir nichts aufs Abstellgleis schieben – ganz so, als habe man es mit rhythmischer Sportgymnastik zu tun.

Nein, sagt man sich in den zuständigen Redaktionen, Literatur muss irgendwie vorkommen im Fernsehen, wenn man sich nicht, wie der Norddeutsche Rundfunk, sein *Bücherjournal* gleich freiwillig absetzt. Da die Literatur jedoch, wenn man sie ernst nimmt, keine Quizshow ist und Helene Fischer darin selten vorkommt, gibt man sich seit Jahren alle Mühe, sie im Fernsehen so zu präsentieren, dass das Literarische eine möglichst kleine Rolle spielt. So allein sei sie den Menschen zumutbar, an deren Unterforderung keineswegs nur Super RTL beharrlich arbeitet.

Ja, zugegeben, es ist schwierig, Literatur zu visualisieren. Was tun, mit eng bedruckten Buchseiten, die ganz und gar auf das Imaginationsvermögen bauen? Soll man beispielsweise, um Lutz Seilers *Stern 111* optisch »rüberzubringen«, Schauspieler durch Gera und Berlin-Mitte schlendern und Romansätze deklamieren lassen?

Um dieser rasch ins Lächerliche abgleitenden Darstellungsform zu entgehen, konzentriert man sich darauf, die Autoren ins Zentrum zu rücken und mit ihnen verständnisvolle Gespräche zu führen. Denis Scheck, das literarische Aushängeschild der ARD, tut das seit Jahren mit konstantem Erfolg. Seine Sendung *druckfrisch* gibt sich erst gar nicht den Anschein, Literaturkritik zu sein. Sie führt – mit kecken Ideen und frischer Bildersprache – den stets gut gekleideten Moderator mit Schriftstellern zusammen, die er zwangsläufig schätzen muss, sonst würden diese nicht zu ihm kommen. So sah man Scheck im Lauf der Jahre zu Pferde, wie er mit Harry Rowohlt oder Juli Zeh, ebenfalls zu Pferde, parlierte oder mit Anzug und Krawatte in heiße isländische Quellen stieg.

Literatur heutzutage im (deutschen) Fernsehen zu präsentieren gestaltet sich deshalb so mühsam, weil es immer noch gilt, sich mit dem Übervater Marcel Reich-Ranicki zu messen. Die Zeiten, als dieser dem *Literarischen Quartett* vorstand, liegen zwar schon lange zurück, doch nostalgische Gemüter denken wehmütig daran, wie unterhaltsam das Sprechen über Bücher damals war, wie wenig man sich um Ausgewogenheit scherte und Autoren wie Cees Nooteboom und Javier Marías zu Auflagenkönigen machte. Als Reich-Ranicki und sein Adlatus Hellmuth Karasek 2000 so unklug waren, ihre wichtige Gegenspielerin Sigrid Löffler aus der Sendung zu ekeln, war es mit dem Glanz vorbei; ein Jahr später stellte man das Format ein. Mein Lieblingsdialog aus dem *Quartett* geht – daran sei erinnert – so: »Reich-Ranicki: Die blaue Blume des Novalis spielt da schon eine Rolle, die kann nicht grün sein. Die ist eben blau. – Löffler: Es gibt wenig grüne Blumen. – Reich-Ranicki: Also bitte, sagen wir gelb, in Botanik sind Sie stärker.«

Seit diesen Tagen müht sich das ZDF redlich, seinen Ruf zu festigen, der allem Literarischen am fernsten stehende TV-Sender zu sein. Nach dem kurzzeitigen Erfolg mit Elke Heidenreichs Empfehlungsformat *Lesen!* besann man sich beim ZDF auf die alte Marke *Literarisches Quartett* und unternahm unheilvolle Reanimationsversuche. Sich, was den Sendeplatz anging, Richtung Mitternacht bewegend – ein Indiz dafür, was man im Fernsehen von Literatur hält –, präsentierte man ab 2015 eine neue Viererrunde und hielt an dieser vier lange Jahre fest, obwohl schon nach wenigen Folgen klar war, dass die Zusammensetzung ein Rundum-Fehlschlag war.

Als Reich-Ranicki-Nachfolger installierte man den Journalisten Volker Weidermann, dessen Körpersprache bis in jedes Detail verriet, dass es ihm unangenehm war, den moderierenden Zampano zu spielen. Und warum die als Buchempfehlerin erfolgreiche Christine Westermann an seine Seite gesetzt wurde, obschon ihr ein analytisches Sprechen über Bücher wesensfremd ist, bleibt bis heute ein Rätsel. Als sich der als Provokateur verpflichtete Narzisst Maxim Biller bald absentierte, geriet das runderneuerte *Literarische Quartett* zu einem an den Senderand gedrängten Palaver, das man wie das *Wort zum Sonntag* hinnahm und das im Buchhandel so gut wie keine Verkaufseffekte zeitigte.

Im Schatten der von Unlust geprägten Bemühungen des ZDF gedeihen – das sei nicht verschwiegen – durchaus Formate, die der Literatur mehr Raum lassen. Was die Gesprächsrunde *lesenswert* des Südwestrundfunks und der Schweizer *Literaturclub* bieten, ist angenehm unprätentiös und lässt zumindest erahnen, dass für ein Urteilen über Literatur gewisse Fachkenntnisse nicht schaden. Denn daran vor allem scheint man in den TV-Redaktionen zu zweifeln. Lesen, so der Grundgedanke, kann fast jeder, und wer sich dazu bekennt, scheint automatisch dazu prädestiniert, Profundes über seine Lektüren zu äußern. Prominenz schafft Aufmerksamkeit, lautet die Parole, und so gab und gibt man sich mancherorts erst gar keine Mühe, unter Literaturkritikern nach geeigneten Moderatoren Ausschau zu halten. *Wickerts Bücher* und *Gottschalk liest!* hießen diese neuen Produktideen, die samt und sonders floppten und im Orkus des Vergessens verschwanden.

Diese Debakel änderten nichts daran, dass alle TV-Verantwortlichen unvermindert propagierten, dass, wenn über Literatur geredet wird, diejenigen, die das professionell tun – die Kritikerinnen und Kritiker –, möglichst nicht zu Wort kommen dürfen. Während sich seit Längerem Podcasts, die die Anspruchslatte höher legen und eher viel als wenig Zeit beanspruchen, großer Beliebtheit erfreuen, gelten Kritiker im Fernsehen weiterhin als Zumutung und Quotengift. Stattdessen lädt man sich Schauspielerinnen oder Politiker ein, deren Bekanntheit sie per se zu Literaturkundigen machen soll.

Nicht minder verhängnisvoll ist es, dass man glaubt, öffentlich nur über Literatur sprechen zu können, wenn es um Bücher geht, die sich auf aktuelle politische Debatten beziehen. »Gesellschaftlich relevant« habe Literatur zu sein, so hieß es vor einem halben Jahrhundert, und erstaunlicherweise feiert dieses dürftige Qualitätsmerkmal von Literatur gegenwärtig – keineswegs nur im Fernsehen – ein veritables Comeback.

Beides – das Schielen nach Prominenz und die Wahrnehmung von Literatur als Leitartikel – hat man beim ZDF wieder einmal trefflich erkannt und in seinem Relaunch des *Literarischen Quartetts* gebündelt. Moderiert von Thea Dorn, die immerhin zeigt, dass sie gern als Chefin in den Ring steigt, sah die neue Runde in ihren Anfängen so gut wie keine Kritikerinnen und Kritiker mehr vor. Als »Lesekreis« oder »Literarischen Salon« verstehe man sich, heißt es, und in einem solchen Plaudertaschenclub war für Berufsrezensenten kein Sessel frei. Auch in der Jury des Deutschen Buchpreises verfährt man inzwischen so: Je weniger Kritiker dabei sind, desto besser. Ganz so, als würde man irgendwo Automodelle oder Weinjahrgänge beurteilen und allein diejenigen einladen, die gern Auto fahren und Wein trinken.

Unvergessen die erste Ausgabe des neuen *Quartetts*, zu der der Sender die Radiojournalistin Marion Brasch, den so meinungsstarken wie unerträglichen Publizisten Jakob Augstein und die österreichische Schriftstellerin (und, wie sie nicht müde wird zu betonen, Altphilologin) Vea Kaiser einlud. Gerade einmal 45 Minuten gönnte man den Akteuren, um über vier Bücher zu debattieren – eine Hetzjagd, die von vornherein zum Scheitern verurteilt war.

Das konsequenterweise von den vier Nicht-Literaturkritikern am häufigsten verwendete Adjektiv lautete »toll«. Worüber aber will man diskutieren, wenn etwas als »toll geschrieben« oder »toll erzählt« gepriesen wird? »Toll«, so dürfen wir festhalten, ist seitdem die neue Schwundstufe literarischen Urteilens.

Als nicht minder fatal erwies sich der Gedanke, vor allem solche Romane auszuwählen, die sich irgendwie auf aktuelle politische Diskurse beziehen lassen. Moritz von Uslars »tolle« Reportage *Nochmal Deutschboden* diente so dazu, sich kurz über das Erstarken der Rechten in Ostdeutschland auszutauschen – wozu schönerweise auch Ingo Schulzes Roman *Die rechtschaffenen Mörder* taugte, weil er sich, so Thea Dorn, »auf der Höhe des Problems« befinde. Und selbst von Vicki Baums wiederentdecktem, besonders »tollem«

Roman *Vor Rehen wird gewarnt* ließ sich mühelos ein Bogen zur Me-too-Debatte spannen.

So ist die Literatur im Fernsehen dort angekommen, wo sie selbst der um kein populistisches Argument verlegene Marcel Reich-Ranicki nie hätte sehen wollen: im Tollhaus des reinen Geschmacksurteils. Alle Deutungen von Texten seien ja gleichermaßen möglich und gültig, befand Vea Kaiser damals. Auto- und Weintester würden nie auf eine solche Idee kommen.

Ach ja, und vielleicht sollte man sich darüber gar nicht aufregen, sondern wie die Grande Dame der Literaturkritik Sigrid Löffler in aller Ruhe festhalten, dass die oft unglückselige Liaison Literatur und Fernsehen keine Zukunft hat: »Ich glaube nicht, dass man das noch braucht. Im Fernsehen liegt der Fokus heute nurmehr auf der Unterhaltung unter dem Vorwand von Literaturkritik. Da muss ein Kritiker sich auf dem Fahrrad abstrampeln oder auf einem Pferd reiten, während er seine Kritik an einem Buch aufsagt. Der Zuschauer guckt nur, ob der Kritiker runterfällt. Solche Clownerien nützen dem öffentlichen Gespräch über Bücher überhaupt nicht.«

Literaturhaus

Lesungen finden in Deutschland an unterschiedlichsten Orten statt: in Buchhandlungen, Theatern, Akademien, Schulen oder Clubs. Seit Mitte der 1980er-Jahre freilich hat sich ein Ort als ideales Forum für solches Geschehen herauskristallisiert: das Literaturhaus. Berlin machte 1986 den Anfang, und seitdem fanden und finden sich in vielen großen und mittleren Städten im deutschsprachigen Raum Nachahmer.

Bis sich das Kompositum »Literaturhaus« flächendeckend durchsetzte, brauchte es einige Zeit – wie das bei Neuschöpfungen üblich ist. Wer in älteren Wörterbüchern nachschlägt, stößt auf Freudenhaus, Baumhaus, Krankenhaus, Treppenhaus oder Opernhaus – aber nirgendwo auf Literaturhaus. Erst vor ein paar Jahren erkannte man in der Duden-Redaktion, dass sich der Begriff etabliert und sich gewissermaßen zu einer Marke entwickelt hat. Seitdem findet man im Duden »Literaturhaus« zwischen »Literaturgeschichte« und »Literaturhinweis«. Die Markenausstrahlung ging gar so weit, dass man, als in der dänischen Hauptstadt Kopenhagen ein Literaturhaus gegründet wurde, auf das deutsche Wort »Literatur-Haus« zurückgriff.

Literaturhäuser gelten im Unterschied zur »freien« Literaturszene als bürgerliche Kulturstätten und müssen es sich deshalb gefallen lassen, mit guten Ratschlägen oder wenig schmeichelhafter Nachrede bedacht zu werden – wie das eingeführten Institutionen eben widerfährt. Hauke Hückstädt, der Leiter des Frankfurter Literaturhauses, hat 2014 unter dem Titel *Ver-*

anstalterbeschimpfung sogar eine Bühnenfassung mit ausgewählten Autorenverlautbarungen zusammengestellt. Eine davon stammt von Zsuzsa Bánk: »1. Nennt mich nie mehr TSCHUTSCHA oder TZUTZA! Das klingt nach hutzeln, zutzeln, nach saugenden Ferkelchen. 2. Werft die fiependen, stimmverzerrenden, allesschluckenden, kurzum: die unerträglichen BILLIGMIKROFONE auf den Müll! 3. Fangt den Ex-Oberstudienrat in der ersten Reihe ab, der nur einen Verlagskontakt für seine handgeschriebenen Lebenserinnerungen sucht. Bitte! 4. Verbietet die Frage: Ist es autobiographisch?! 5. Wählt keine wichtigtuerischen Welterklärer als Moderatoren aus!«

Sehr schön auch der Appell Wilhelm Genazinos (festgehalten in seinen 2023 erschienenen Aufzeichnungen *Der Traum des Beobachters*): »Bitten Sie das Publikum, während der Lesung nicht die Schuhe auszuziehen und nicht in mitgebrachte Hausschuhe zu schlüpfen. Bitten Sie das Publikum außerdem, während der Lesung nicht zu essen. Bitten Sie das Publikum ferner, auf das Mitbringen von Tieren zu verzichten.«

Literaturkritik

Früh hat alles begonnen, vermutlich schon im Jahr 1975, als ich in recht jungen Jahren meinen ersten literaturkritischen Text veröffentlichte. Das Publikationsorgan war eine Schülerzeitung im nordwürttembergischen Heilbronn am Neckar, und mein Opfer war der seinerzeit recht erfolgreiche Schriftsteller Manfred Bieler. In einer Buchhandlung am Ort, bei Determann, hatte er aus seinem opulenten Roman *Der Mädchenkrieg* gelesen, und als ambitionierter Gymnasiast ließ ich es mir nicht nehmen, die eher traditionellen Verfahren dieses Erzählers zu rügen. Angeleitet von meinem ausgesprochen progressiven Deutschlehrer Dieter Rath, hatte ich früh Bekanntschaft mit modernen Autoren gemacht. Wir lasen seinerzeit – Pädagogen und Lehrplanverantwortliche von heute aufgepasst! – Samuel Becketts *Endspiel*, Handkes *Die Angst des Tormanns beim Elfmeter*, Karin Strucks *Klassenliebe* und, um theoretisch auf der Höhe der Zeit zu sein, Walter Benjamins *Betrachtungen zum Kunstwerk im Zeitalter seiner technischen Reproduzierbarkeit*.

Was ich davon damals verstand, wollen wir an dieser Stelle nicht erörtern, doch dank dieser harten, alles Triviale dezent verachtenden Schule wurde mir klar, dass sich die wahre Literatur erst im zähen Ringen erschließt und man als ernsthafter Kritiker nicht damit rechnen darf, beim lesenden Publikum offene Türen einzurennen. Manfred Bielers an Fontane geschulter *Mädchenkrieg* konnte diesen strengen Maßstäben nicht genügen. Dennoch verhinderten es meine

Schülerzeitungsvorbehalte nicht, dass Bielers Roman auf die Bestsellerliste gelangte – eine erste bittere Erfahrung, die meine Wirkungslosigkeit als Literaturkritiker offenbarte.

Heute, bald fünfzig Jahre später, habe ich mich ans Leid gewöhnt und hadere nicht jeden Tag mit diesem Missstand. Ab und zu blättere ich in Wendy Kerstans Buch *Der Einfluss von Literaturkritik auf den Absatz von Publikumsbüchern* und weiß genau, welche Demütigung mir diese Studie verheißt. Es gehört unabdingbar zum Berufsbild der Literaturkritiker, sich mit ihren tiefschürfenden Analysen als einsame Rufer in der Wüste zu fühlen. Ja, ja, wir wissen es alle, dass »große« Literatur uns neue Sichtweisen erschließt, mit ihren Leerstellen Bedeutsamkeit stiftet, nicht auf einen Nenner zu bringen ist und eine Sprache an den Tag legt, die bloße Alltagsrede nicht plump widerspiegelt. Tiefsinnige Literaturkritiker, dachte ich lange, erfreuen sich vor allem an Texten, die sie nicht verstehen und deren Nebelschwaden sie mit intellektueller Schärfe auszuleuchten haben. Befriedigung sollten sie daraus schöpfen und es damit gut sein lassen.

Doch – seien wir ehrlich – auch Literaturkritiker sind schwache Wesen, die nicht permanent danach lechzen, nur für die Happy Few zu schreiben. Wirken möchte man, Einfluss nehmen, für jeden sichtbar die Spreu vom Weizen trennen und als Leuchtturm des raffinierten literarischen Geschmacks gelten. So habe ich in all den Jahren eisern mit komplexen Büchern gekämpft, keine Ermüdungserscheinungen gezeigt und zum Beispiel die Werke Ulrich Peltzers, Angela Krauß', Marilynne Robinsons und Brigitte Kronauers gerühmt – davon ausgehend, dass das kaufende Publikum an meinen Empfehlungen nicht achtlos vorübergehen wird. Und natürlich habe ich im Gegenzug alles Konventionelle, auf niedrige Lektürebedürfnisse Schielende kraftvoll gegeißelt oder ignoriert.

Viel zu wenige haben auf mich gehört, so mein vorläufiges Lebensfazit. Denn die Wirklichkeit sah und sieht anders aus. Wer Kritiken schreibt, die Literatur nicht als reinen Unterhaltungs- und Zerstreuungslieferanten versteht, muss mit Demütigungen leben, muss sich fühlen wie jemand, der in Watte spricht und, abgesehen von denen, die selbst Kritikern schreiben, fast nie ein Echo zu hören bekommt. Es braucht einen starken Charakter und eine ausgeprägte Dickhäutigkeit, um diese Wirkungsarmut zu ertragen.

Ich selbst bin da im Vorteil, denn im selben Jahr, als ich Bielers *Mädchenkrieg* las, begann meine immerhin acht Jahre währende Karriere als Fußballschiedsrichter. Wer wie ich damit zu leben hatte, auf schwäbischen Dorfplätzen Wochenende für Wochenende mit phantasievollen Beleidigungen bedacht und mit Regenschirmen oder Bierkrügen bedroht zu werden, gewinnt einen Gleichmut, der mir heute als Literaturkritiker zugutekommt. Vielleicht würde es mir, anders als der Tanzkritikerin Wiebke Hüster, sogar nichts ausmachen, mit Hundekot beschmiert zu werden.

Wer jedoch nicht auf vergleichbare Erfahrungen bauen kann, ergreift irgendwann die Flucht, möchte es im Leben auch einmal schön haben. Und so haben es nicht wenige Literaturkritiker in den letzten Jahren aufgegeben, ständig differenziert argumentierende Besprechungen zu liefern, die in kulturfernen Chefredaktions- und Herausgeberetagen zudem als auflagenhemmend betrachtet werden. Warum diese liebe Müh', wenn der Blick auf die Bestsellerlisten, auf die Retortenkrimis und Instantliebesschnulzen zeigt, dass kostbare Sprache und ausgeklügelte Erzählkonstruktionen selten belohnt werden. Ein saftiger, nicht zu verwickelter Plot, ein Stil, der jede intellektuelle Herausforderung und jede originelle Metapher meidet – das ist gefragt.

Wen wundert es da, dass Literaturkritiker lieber zum Freund und Wegbegleiter von Autoren werden, Homestorys schreiben und bevorzugt knackige Empfehlungen in die Welt hinausposaunen, kurze Lobreden, die sich ihrerseits intellektuell zurückhalten und alle naslang das Wort »Meisterwerk« verwenden. So findet man Resonanz, so findet man sich auf Klappentexten der Verlage wieder, und so erfreut man seine Mutter, die in meinem Fall Literaturkritiken in der Regel ohnehin nicht zur Kenntnis nimmt.

Ich habe mich übrigens auch dazu hinreißen lassen, in schwachen Minuten.

Andere suchen ihren Schmerz damit zu kaschieren, dass sie ihre Kriterien aufweichen, um sich bei denen beliebt zu machen, die gar keine haben. Marcel Reich-Ranickis Standardformel, dass die Literatur niemals Langeweile verbreiten dürfe, hat dabei Unheil angerichtet. Denn komplexe, Neues riskierende Literatur will unsere Sehweisen verändern, will nicht das reproduzieren, was wir längst kennen, und deshalb ist sie mitunter sperrig und mag für ungeduldige Leser Langeweile, dieses »Offenbarwerden der Leere« (E. M. Cioran), ausstrahlen. Immer weniger Kritiker kommen in unseren betriebsamen Zeiten mit dieser Erfahrung zurecht und zeigen zunehmend Unmut, wenn sie auf Lektüren stoßen, die zu viel Zeit und zu viel Geduld erfordern.

Zu dieser Spezies gehöre ich selbstverständlich nicht. Ich quäle mich gern, will nicht glauben, dass alle meine Anstrengungen vergeblich sind. Immerhin erfährt der gewissenhafte Kritiker bisweilen ein klein wenig Anerkennung – innerhalb seines eigenen Biotops. Feinziselierte Rezensionen beeindrucken immer noch jene, die über Literaturpreise und Stipendien zu entscheiden haben. Preisstifter feiern sich gerne selbst, zeichnen mit Vorliebe Autorinnen und Autoren aus, die irgendwie bedeutend wirken, politisch nicht angreifbar sind und auf keinen Fall bloß unterhalten wollen. Für die – so tröste ich mich, wenn meine Rezensionen online mal wieder keinerlei Kommentare, nicht mal schmähende, ausgelöst haben und mich kein Schwein deswegen anruft – schreibe ich, zumal das meine Chancen erhöht, als Laudator eingeladen zu werden und mich an literaturfernen Bürgermeistern, Stiftern aus der Metallindustrie und reichen Witwen zu rächen, die sich dann meine bewusst dunkle, recht lange Lobrede geduldig anhören müssen.

Viel Trost ist das nicht. Auf uns Literaturkritiker vom alten Schlag hört in der Regel keiner. Nicht einmal auf Nachruhm dürfen wir vertrauen. Gewiss, es gab und gibt Schriftsteller wie Heinrich von Kleist oder der bei seinem Tod 1842 mit keinem Nachruf bedachte Stendhal, die zu Lebzeiten wenig Beachtung fanden und erst post mortem als Größen erkannt wurden. Als Literaturkritiker sollten wir nicht auf dergleichen hoffen. Wer von uns heute liest schon leidenschaftlich gern in den alten Kritiken von Reinhard Baumgart, Fritz J. Raddatz oder Friedrich Sieburg? Ich nicht. Meinen schönsten Rezensionen wird es nicht anders ergehen. Es ist ein Elend. Immerhin bleibt mir der schwache und moralisch fragwürdige Trost, dass auch Manfred Bielers *Der Mädchenkrieg* nur noch antiquarisch erhältlich ist.

Literaturpapst

Gibt es keinen mehr. Nicht schlimm. »Unser« deutscher Papst ist auch tot.

Lyrik

Dass diese es nicht leicht hat, Aufmerksamkeit zu finden und zum ökonomischen Faktor in Buchhandlungen zu werden, ist kein Geheimnis. Es bedarf glücklicher Umstände, damit ernst zu nehmende Lyrik auf den Bestsellerlisten landet. Ulla Hahn gelang das, markant gefördert von Marcel Reich-Ranicki, Anfang der 1980er-Jahre mit ihrem Gedichtband *Herz über Kopf*, Jan Wagner 2015 ebenso, als er mit seinen *Regentonnenvariationen* in der Kategorie »Belletristik« den Preis der Leipziger Buchmesse einheimste. (Überliefert ist, dass selbst erfahrene Literaturkritiker damals rasch die einschlägigen Lexika konsultierten, um sicher zu sein, dass »Lyrik« wirklich zur belletristischen Abteilung gehöre.)

Zu den Longsellern der satisfaktionsfähigen Lyrik zählen Erich Frieds zuerst 1979 erschienenen *Liebesgedichte*, die der Wagenbach Verlag seitdem in wechselnden Ausgaben auf den Markt bringt. Frieds Verse waren in meiner Tübinger Studentenzeit ein beliebtes Geschenk, mit denen männliche Kommilitonen bei weiblichen Kommilitonen Eindruck schinden und ihre Sensibilität unter Beweis stellen wollten. Ein Mann, der Frieds *Liebesgedichte* verschenkt, das kann kein gefühlskalter Klotz sein.

Die Ausnahmen Fried, Hahn und Wagner täuschen, wie gesagt, nicht darüber hinweg, dass Lyrikbände keine Umsatzbringer sind. Was nicht bedeutet, dass es bei Lesenden nicht ein Bedürfnis gäbe, sich lyrischen oder zumindest lyrikähnlichen Texten hinzugeben. Ungebrochener Beliebtheit im Handel erfreut sich deshalb eine Art von Gebrauchslyrik, die gern in der Nähe des Kassenbereichs präsentiert wird. Es handelt sich dabei um nicht zu hochpreisige »Geschenkbände«, die stimmungsvolle Hochglanzfotos voller Naturimpressionen (Sonnenauf- oder Sonnenuntergänge, Wellenspiel, Mohn- oder Lavendelfelder, Nebelschwaden, Fachwerkhäuser usw.) mit nicht minder stimmungsvollen Verschen garnieren. Diese gedichtförmigen Produkte handeln leicht verständlich von Gefühlen, die irgendwie zu den abgebildeten Naturimpressionen passen. Manchmal verirrt sich Hermann Hesse (*Stufen*, *Im Nebel*) in diese Büchlein. Max Goldt und Gerhard Henschel haben das 1998 fein in ihrem bei Haffmans erschienenen Band *Erntedankfäscht* parodiert.

Auch ohne »atmosphärische« Fotos kam in den 1980er-Jahren die Koryphäe der bedeutungsschwangeren Gebrauchslyrik, kam Kristiane Allert-Wybranietz aus dem Weserbergland oft aus. Die Hochzeit ihrer zuerst im Lucy Körner, dann im Heyne Verlag erschienenen »Verschenktexte« fällt ungefähr in die ersten Amtsjahre des Bundeskanzlers Helmut Kohl – was mir kein Zufall zu sein scheint, wenngleich dieser, wie gern zitiert, eher eine Schwäche für Friedrich Hölderlin hatte. Eines ihrer Gedichte sei in Erinnerung gerufen: »Jeder ist eine Kerze, / angesteckt bei der Geburt. / Nur zu viele / haben sich / ausblasen lassen von den Winden / der Regeln und Normen, / der Vorschiften und Moral / Sie brennen nicht mehr.« Man sieht das Kerzenheer vor sich.

Aus den vielen Namen, die unter einem Gedicht einen sehr leicht zu begreifenden, gefühlsträchtigen, unbedeutenden, auf mehrere Zeilen verteilten Gedanken verstehen, möchte ich neben Frau Allert-Wybranietz noch den aus Marl stammenden Hans Kruppa nennen, der seit Jahrzehnten Märchen, Aphorismen, Geschichten und vor allem Gedichte to go veröffentlicht. Seine Bücher tragen Titel wie *Nur du*, *Für immer Du* oder *Ich wünsch dir Glück & Zuversicht*. Hätten Sie gern eine Kostprobe, die *Flüsternden Blätter* zum Beispiel? So viel Platz muss sein: »Schattenspendender Baum, / schmeichelndes Sonnenlicht. / Blätter flüstern im Wind, / versprechen magische Abende /

in Räumen, wo die Phantasie / die Wirklichkeit verführt. / Und die Zeit löst sich auf / in der Tiefe unsres Lächelns.«

Der Schaden, den die Kruppas dieser Welt, der Gattung »Lyrik« zugefügt haben, ist immens. Darüber sollte mal jemand ein Gedicht machen.

Me-too-Bücher

So nannte man einst Bücher mit geringem Innovations- und Originalitätswert. Bücher, deren Verfasser auf einen fahrenden Zug aufsprangen und einem Trend nacheiferten. Konkret gesagt: Wenn ein Verlag überraschenderweise einen Erfolg mit einem ungewöhnlichen Thema feierte, sagten sich andere Verlage sofort: »Das können wir auch!« – und legten zur neuen Saison Bücher vor, die den anderen zum Verwechseln ähnlich sahen. Liefen plötzlich Familiensagas, die in norwegischen Fjorden spielten, gab es bald darauf viele Familiensagas, die in norwegischen Fjorden spielten. Landete ein kleiner Verlag wie Oberstebrink einen Beststeller mit *Jedes Kind kann schlafen lernen*, ließ das größeren Verlagen keine Ruhe. Prompt erschienen Nachäff- oder Me-too-Bücher, die vom Einschlafkuchen ein Stück abbekommen wollten.

In dieses weite Feld gehört auch folgendes Beispiel: Als Elke Heidenreich 2021 mit *Hier geht's lang! Mit*

Büchern von Frauen durchs Leben eine Art Leseautobiographie veröffentlichte, ließ dieser Erfolg ihre Buchempfehlungskonkurrentin Christine Westermann peinlicherweise der Versuchung nachgeben, ein Jahr später mit *Die Familien der anderen. Mein Leben in Büchern* nachzulegen.

Seit ein paar Jahren ist es indes nicht mehr möglich, von Me-too-Produkten zu sprechen. Die Buch- und Werbebranche muss sich einen neuen Namen dafür einfallen lassen. Schuld daran sind Harvey Weinstein und Konsorten, einflussreiche Belästiger und Vergewaltiger, die die #MeToo-Bewegung populär machten und der Wendung »me-too« eine ganz andere Bedeutung gaben.

Gesellschaft verändert Sprache – das sieht man hier. Weshalb ich kurz abschweife, um zu veranschaulichen, wie moderne Technologien stillschweigend in die Rechtschreibung eingreifen. Konkret geht es mir um das schöne, aus dem Französischen stammende Substantiv »Email«, das eine Schmelzglasur auf Tassen, Vasen, Schmuckstücken oder Fliesen bezeichnet. Seit jeher konkurrierte dieses mit der weiblichen Form »Emaille«. Beide Schreibungen liefen parallel, wobei im 18. und 19. Jahrhundert ein leichtes Übergewicht der »Email«-Schreibung zu konstatieren ist. Etwa in Adalbert Stifters Erzählung *Feldblumen*, wo sich der herrliche Satz »Höher hängt in dem Laubwerk das blaue Email des Himmels« findet. Zu Anfang des

21. Jahrhunderts aber verschoben sich die Dinge. Eine Umbruchphase setzte ein, in der sich die eigentlich kompliziertere »Emaille«-Schreibung durchzusetzen begann – aus dem sehr einleuchtenden Grund, dass alle Welt plötzlich begann, Emails zu schreiben.

Ein paar Beispiele: In Funny van Dannens Prosa *Zurück im Paradies* stoßen wir auf eine Tischdecke, »auf der ein paar Emailletassen standen«, und in Miriam Mandelkows Übersetzung von Martha Gellhorns Novellen *Paare* weist eine fein gearbeitete Maiglöckchenbrosche Blätter aus »blassestgrüner Emaille« auf. Nur Frau Mandelkows ältere Kollegin Caroline Vollmann beharrt in ihrer Neuübertragung von Joris-Karl Huysmans' *À rebours* auf der bedrohten Schreibung und lässt den dekadenten Helden Des Esseintes vor einem »Emailschild in himmelblauen Lettern« innehalten – bei einem Text aus dem 19. Jahrhundert durchaus angemessen. »Emailschild« würden jüngere Leserinnen und Leser in dieser Bedeutung heute nicht mehr verstehen.

Möglich

War im Buchgeschäft schon immer dieses und jenes. Nachdem Franz Alt 1983 mit *Frieden ist möglich* alle ökobewegten Nachrüstungsgegner zu Buchkäufern machte, legte er bald darauf nach mit: *Liebe ist möglich*.

Darauf folgte aus seiner Autorenwerkstatt *Der ökologische Jesus*, ein Buch, das davon ausging, dass fußbettlose Birkenstock-Treter seit jeher Jesus-Latschen genannt wurden. 2022 kehrte Alt zu seinen Anfängen zurück, mit *Frieden ist noch immer möglich*. Da lese ich lieber Elizabeth Strouts Roman *Alles ist möglich*.

Motto

Mottos, oft im Dreier- oder Viererpack, werden von Autorinnen und Autoren gern im Vorspann von Büchern eingesetzt. Zitiert werden darin vielsagend berühmte Kollegen, auf dass das eigene Werk so schon im Vorhinein nobilitiert werde. Wer das Gilgamesch-Epos oder Walther von der Vogelweide kennt, wer Franz Kafka, Aristophanes, Hildegard von Bingen oder Ingeborg Bachmann ins Feld führt, kann nicht kreuzdämlich sein. In Clemens J. Setz' *Monde vor der Landung* hat man gleich sechs Zitathürden, darunter welche von Platon, Lichtenberg und Canetti, zu überwinden, ehe der erste Satz des Romans fällt.

Nackenbeißer

Als Beißer- oder Nackenbeißerromane bezeichnet man preiswerte, billig produzierte Unterhaltungsromane, die als Taschenbücher bei Bastei Lübbe, dotbooks oder Blanvalet erscheinen. Sie zeichnen sich durch unverhüllte Trivialität aus und sind oft als Serie angelegt. Inhaltlich bieten sie Liebe und Abenteuer und zielen auf eine Klientel, die gern zum Heft- und Groschenroman greift. Die oft aus dem anglo-amerikanischen Raum kommenden Nackenbeißer scheuen sich nicht, ihre schlichten Handlungsabläufe durch pornographische Szenen zu würzen. Ihren Namen verdanken sie ihren grellen, verkitschten Covern, die mit Vorliebe leicht bekleidete Paare in stereotyper Pose zeigen: Der Mann beugt sich über die willenlos-beglückte Frau und nähert sich ihrem muttermal- und sommersprossenfreien Nacken, sodass nicht definitiv zu entscheiden ist, ob ein Kuss oder ein Biss bevorsteht.

Wissenschaftlich noch nicht ausreichend erforscht ist die Frage, inwieweit die häufig eingesetzten Pferdemotive (Hengst, Stute, Sie wissen schon …) auf den Nackenbeißercovern einen unmissverständlichen Hinweis auf die erotische Freizügigkeit des Inhalts geben.

Für Unerschrockene empfehlen wir aus neueren Verlagsproduktionen: May McGoldricks *Highland Romance – Stürmisches Verlangen*, Colleen Faulkners *Verlockende Täuschung* oder Janet Chapmans *Mein gefährlicher Beschützer*.

Non-Book

»Die Sortimenter und Verleger der Jetztzeit können unmöglich mehr zu Grunde gehen, denn kauft das Publikum auch keine Bücher mehr, so nimmt es denselben vielleicht andere saisongemäße Novitäten ab. Das offeriert z.B. ein Kollega neben den neueren Produkten der Poesie Revolver zum Netto-Bar-Preise von 7 Mark 50, sorgfältig versicherte und elegant ausgestattete Schmalkaldener Taschenmesser à 3 Mark, rühmlich anerkannte vernickelte Korkheber à 3 Mark. Nürnberger Verlagsbuchhandlungen offerieren Lebkuchen, Thorner gute Pfeffernüsse, die Pfälzer Rheinweine; außerdem werden von Kollegen garantiert echte Normalunterjacken, Buchhändler-Cigarren, Karawanentee u.a. offeriert. Es fehlt nur noch, dass uns das nächste Zettelpaquet ein Circular bringt, auf Novitätensendung ›zur gefl. Ansicht‹ Wiener Würsteln – ›aufgeschnittene Exemplare werden nicht zurückgenommen‹ – italienische Truthühner, algerischer Spargel, Gänseleberpasteten, sowie Herr L.S. in München gutes Hofbräuhaus-Bier empfiehlt«.

Gewiss, dem Sprachduktus merkt man an, dass die »Jetztzeit«, aus der diese Beschreibung buchhändlerischer Angebote stammt, schon ein paar Tage zurückliegt. Genauer gesagt steht sie in dem nützlichen, 1887 in Augsburg erschienenen Werk *Der Humor im Buchhandel. Ein Vademecum für lustige und traurige Buchhändler*.

Daran lässt sich erkennen, dass bereits unsere Vorfahren von Sorgen und Nöten heimgesucht wurden, die den unsrigen ähnlich sind. Die Klagen über ein kaufunwilliges Publikum scheinen also nicht nur ein Phänomen des Netflixzeitalters zu sein, und die Versuche, diese Umsatzeinbußen durch buchferne Angebote auszugleichen, kommen mir ebenfalls bekannt vor.

Kaum eine Buchhandlung mag heute auf diesen Non-Book-Sektor verzichten, ja sobald man die Filiale eine der großen Ketten betritt, braucht es eine Weile, bis man sich durch den Ramsch des Modernen Antiquariats und Geschenkartikel aller Art bis zu den »richtigen« Büchern durchgekämpft hat. Was allenthalben an Non-Book präsentiert wird, unterschreitet die Grenze des Geschmackvollen und Gefälligen leider oft. Von Gummienten, Backmischungen über Sticker, Scherzartikeln bis hin zu – ja – Rheinweinen und Lebkuchen reicht die Auswahl, als gelte es, BUTLERS- oder KIK-Läden Konkurrenz zu machen.

Immerhin, das sei zugegeben, findet sich vielerorts auch Schönes und Ausgefallenes. Gerne erinnere ich mich an Besuche in der Freiburger Buchhandlung Wetzstein, als Thomas Bader dort das Regiment führte.

Marillenmarmelade aus Österreich gab es bei ihm zu kaufen, den gewöhnungsbedürftigen englischen Hefeaufstrich Marmite und, wie es zum Firmennamen passt, echte Wetzsteine (»pierre à aiguiser artificielle«) aus deutscher Produktion. Da griff man gerne zu. Ebenso wie in Petra Dittrichs Buchladen in Gingst auf Rügen, wo es ungemein viele Katzentassen zu kaufen gibt – ein Umsatzbringer.

Eine Empfehlung habe ich noch: Wenn Sie ein Weg mal ins Hessische führt, genauer: nach Dreieich, noch genauer: in Corinna Plates BuchKontor, dann werden Sie staunen, welch feines Non-Book-Sortiment man da seinen Kundinnen und Kunden anbietet. Richtige Bücher gibt's in Dreieich auch.

Politiker, schreibende

Nein, ich rede hier nicht von den wenigen Parlamentshaudegen, die sich im Fach der Belletristik versucht haben. Also kein Wort über Hans-Ulrich Klose (SPD), der mehrere Gedichtbände vorlegte, Rainer Candidus Barzel (CDU), der spät mit einer zarten Novelle debütierte, Dieter Lattmann (SPD), der sich für die Künstlersozialversicherung einsetzte und respektable Romane schrieb, Robert Habeck (DIE GRÜNEN), der mit seiner Frau Andrea Paluch Krimis veröffentlichte und englische Lyrik übersetzte, oder Altschriftsteller Stefan Heym (PDS), der ein sehr kurzes Parlamentsgastspiel gab. Schöner wäre es über den Homme de lettres Carlo Schmid (SPD) zu sprechen, der 1947 Baudelaires *Die Blumen des Bösen* übersetzte und es zwei Jahre später zum Bundestagsvizepräsidenten brachte.

Nein, es geht um jene Politiker und Politikerinnen (Letztere sind deutlich in der Minderheit), die allen Ehrgeiz daransetzen, ihre Reden und Meinungsschriften (meist während ihrer Amtszeit) oder ausladende Memoiren (meist nach ihrer Amtszeit) zu veröffentlichen. Leider fehlt mir jede Lust, mich dazu zu äußern – obwohl manche dieser Werke für Zeithistoriker aufschlussreich sind und es sogar auf die Bestsellerlisten (Kohl! Schröder! Gysi!) schafften. Doch Sie werden verstehen, dass ich nicht die nötige Energie aufbringe, mich durch die Schriften von Friedrich Merz, Annalena Baerbock, Alice Weidel oder Wolfgang Kubicki zu kämpfen. Auch Christian Lindners inzwischen etwas veraltet wirkendes Manifest *Schattenjahre. Die Rückkehr des politischen Liberalismus* (2017) ging spurlos an mir vorüber.

Nicht in Vergessenheit geraten soll jedoch mein Lieblingsbuch aus dieser Sparte: Clemens-Christian Makoschs *Was Politiker so anrichten. Lieblingsrezepte – Küchentipps – Anekdoten* (2001). Vertreten ist darin feinerweise meine Landsfrau Herta Däubler-Gmelin, die im ersten Kabinett Schröder als Justizministerin wirkte – und zwar mit schwäbischen Gerichten aus »Herta's Kochbüchle«. Nicht fehlen darf da die viel besungene Maultasche, die die Ministerin gern mal in der »Brüh'« und ebenso gern mal »mit Ei aufgebraten« isst. Das hat Charme, wenngleich diese Information auch in Hanswilhelm Haefs' *Handbuch des nutzlosen Wissens* gut aufgehoben gewesen wäre. Für Nicht-Schwaben das noch: Am Gründonnerstag ist Weltmaultaschentag.

Regionalkrimis

»Das Grauen hat einen Namen: Regionalkrimi« – dieses Bonmot des schwäbischen Literaturkardinals Denis Scheck beschreibt ein Phänomen, das den Buchmarkt seit Jahren beherrscht. Dass Krimis und Thriller einen wichtigen Umsatzfaktor im Sortiment darstellen, ist nichts Neues. Wer (Ent-)Spannung sucht beim Lesen und das im richtigen Leben nicht so oft zu erlangende Glücksgefühl erfahren möchte, dass ein Problem gelöst und das Böse zur Strecke gebracht wird, griff seit jeher zum Kriminalroman. Wenn die Verfasser Arthur Conan Doyle, Dorothy Sayers, Agatha Christie, Friedrich Glauser, Raymond Chandler oder Georges Simenon hießen, kam zudem oft ein literarischer Mehrwert hinzu.

Wie es sich für realistische Prosa gehört, spielt diese oft an Orten, die sich auf Landkarten mühelos auffinden lassen. Irgendwann – sagen wir in den 1980er-Jahren – stellte man fest, dass Mord und Totschlag nicht an attraktive Metropolen wie Paris, London, Venedig oder Los Angeles gekoppelt sein müssen. Deutsche Großstädte mischten sich unter die Krimischauplätze, und der dauerhafte TV-Erfolg des sonntäglichen *Tatort* signalisierte, dass sich selbst in entlegenen Regionen mit Verbrechen punkten lässt.

Das Ergebnis ist nicht zu übersehen – und erschütternd. Tausende von Regionalkrimis sind inzwischen erschienen; manche Verlage wie Emons oder Gmeiner leben von diesem nicht enden wollenden Boom, und kaum ein Landstrich, kaum eine Stadt kommt ohne Kommissar oder Privatdetektiv aus. Aachen, Garmisch-Partenkirchen, Flensburg, Düsseldorf, Allgäu, Hunsrück, Hohenlohe, Helgoland, Sylt, Rügen – das Verbrechen lauert schlichtweg überall. Selbst meine friedliche Heimatstadt Heilbronn konnte sich diesem Sog nicht entziehen und ist zum Verbrechensschauplatz geworden. Lange wird es nicht dauern, bis ein *Käthchen-Mord* in die Regale kommt.

Die Popularität dieses Subgenres hat offenkundig damit zu tun, dass Leserinnen und Leser Freude daran haben, Straßen und Plätzen, die sie kennen, in der Literatur wiederzubegegnen. Und wie befreiend ist es nach absolvierter Lektüre, wenn man genau diese Straßen und Plätze aufsucht und dort keine Leichenteile vorfindet. Bei einer derartigen Überproduktion bleibt es nicht aus, dass die literarische Qualität oft unter aller Kritik ist. Woher sollen auf einmal auch so viele gut schreibende Autorinnen und Autoren herkommen? Von den Verlagen händeringend gesuchte Freizeitliteraten witterten endlich ihre Chance.

Zu einem Gegenfeldzug holte 2020 der Schriftsteller Gerhard Henschel aus, offenkundig kein Freund der Regiokrimiinflation. In seiner Parodie *SoKo Heidefieber* schuf er einen »Überregionalkrimi«, der mit einer drastischen Warnung einsetzt: Der Schriftsteller Armin Breddeloh, Verfasser des lokal ausgerichteten Kriminalromans *Heidefieber* wird in einem Teich bei Bad Bevensen tot aufgefunden. Ein Ermittlerduo aus Uelzen nimmt die Arbeit auf …

Ein Ende dieses Booms ist dennoch nicht abzusehen. Feuilletonmäkeleien wie Joachim Feldmanns bereits 2011 vorgebrachte Klage *Görlitz ist noch krimifrei. Jedes deutsche Nest hat seine Ermittler. Wer will die Regio-Krimis eigentlich noch lesen?* blieben wirkungslos. Im Gegenteil, wenige Jahre später erschienen Daniela Wiedmers *Der mörderische Sagenkreis zu Görlitz* sowie Katrin Lachmanns *Jack the Ripper und der Erbe in Görlitz* – um nur zwei Beispiele zu nennen, die das vormals unbescholtene Städtchen in der Oberlausitz zu einer nicht mehr krimifreien Zone machten.

Diese Entwicklung macht mir Angst, und ich werde mich vorsehen, sie voranzutreiben. Was nicht immer einfach ist. Als ich vor Kurzem im *Börsenblatt für den Deutschen Buchhandel* sarkastisch ankündigte, demnächst einen Regionalkrimi schreiben und nach einem ermittlerlosen Gemeinwesen Ausschau halten zu wollen, und dabei die Namen Pontresina und Bretzfeld ins Spiel brachte, wurde die fatalistische Ironie nicht allerorten verstanden. Ein Buchhändler aus der Nähe von Bretzfeld zeigte überschwängliche Freude, und wenig später meldete sich ein auf Regionalia spezialisierter Verleger bei mir und lud mich mit Verve dazu ein, sofort mit einer im Lokalen verankerten Krimireihe zu beginnen. Ob Bretzfeld, Bitzfeld oder Sulzfeld scheint keine Rolle zu spielen. Meine Abwehrversuche ignoriert er hartnäckig. Wundern Sie sich also nicht, wenn ich demnächst als Regionalkrimiautor debütiere. Der Arbeitstitel könnte *Blut im Kirchenstuhl* lauten. Zur Recherche müsste ich die Bretzfelder Johanneskirche aufsuchen …

Rollen, verteilte

Als meine Tochter das Gymnasium besuchte, nahm ich an ihren Erzählungen vom Schulalltag Anteil und an dem, was sich in den pädagogischen Vorhöllen von heute an Erschreckendem abspielte und was mit den geregelten Abläufen vergangener Tage wenig zu tun hatte. Ja, früher, ganz früher, sagen die, die an das weichgezeichnete Bild der Erinnerung glauben, da herrschte Disziplin, da las man Werner Bergengruen, Ernst Wiechert und manchmal auch Erwin Guido Kolbenheyer oder Agnes Miegel. Dann kamen die bösen sechziger und siebziger Jahre; linke Prosa wie *Ansichten eines Clowns* wurde geschrieben und sogar an den Schulen gelesen, von bärtigen Junglehrern gefeiert, die wiederum von jenen linken Prosaisten infiltriert waren. Und bald danach wurde – zumindest dem konservativen Weltbild zufolge – gar nichts mehr gelesen. Mit Comics fing es, dann folgten *Tutti Frutti*, *Big Brother*, Handys, Blogs und TikTok, und keiner las mehr.

Meine Tochter gehörte dieser verlorenen Generation an. Obschon sie Deutsch nicht zu ihren verhassten Fächern rechnete, erschien ihr die Pflichtlektüre, die der Kanon des Deutschunterrichts bereithielt, als Martyrium ohne Ende. Natürlich sind auch die tapferen Menschen, die sich dem Lehrberuf stellen, längst von resignativem Pragmatismus erfasst. Wenn Lehrpläne sie dennoch nötigen, mehr als 2-Seiten-Kurztexte lesen zu lassen, kommt keiner von ihnen auf die Idee, den *Stechlin*, *Don Carlos* oder die *Buddenbrooks* auf die Lektüreliste zu setzen. Zum Glück gibt es ja aus dem 19. Jahrhundert jene dankbar kurzen Erzählungen, die – etwa in Form eines schlanken Reclam-Heftes – zugänglich wirken, zumindest auf den ersten Blick.

Aber: Auch im Wandel gibt es Dauer, wie Marc Aurel oder Sepp Herberger es formulierten, denn mit der *Judenbuche*, dem *Schimmelreiter* oder Büchners *Woyzeck* traktierte man schon mich, der ich, anders als meine Tochter, nicht der verlorenen Generation angehöre. Vorletztere, meine Tochter also, berichtete mir damals, dass sie unbedingt den Storm'schen *Schimmelreiter* zu Ende lesen müsse, unbedingt, da ein gnadenloser Test bevorstehe, der die Hauptfiguren im Werk des großen Husumers abfrage. Knapp 150 Druckseiten umfasst die bedrohliche Geschichte vom Deichgrafen Hauke Haien, für deren zweite Hälfte das Kind ungefähr vier Wochen benötigte, was einen bedrückenden Tagesschnitt von 2,7 Seiten ergibt. So wird das nichts mit unserer Jugend und deinen Klassikerkenntnissen, beschied ich meiner Tochter, die mich unverständig anblickte und auf wenig prickelnde Sätze wie »Da zog der alte Doktor sein seiden Schnupftuch aus der Tasche« verwies.

So ging und geht es zu zwischen den Generationen heutzutage. Wenn ich freilich ganz ehrlich bin, muss ich zugeben, dass mir Theodor Storm, C.F. Meyer, Wilhelm Raabe und die anderen deutschstundentauglichen Kompaktautoren des Bürgerlichen Realismus früher auch gleichgültig waren; für manche Novellen, diese Lieblingsgattung interpretierwütiger Germanisten, gilt das noch heute. Mit Theaterstücken war das nicht anders. Oder haben Sie in einem kreidestaubigen Klassenzimmer, fünfte Stunde am Freitag, mit Enthusiasmus Goethes *Iphigenie*, Schillers *Kabale und Liebe* oder Ibsens *Gespenster* gelesen? Ich nicht. Und schon gar nicht, wenn der Lehrkörper tief in die pädagogisch-didaktische Trickkiste griff und uns Unwissenden das »Theatererlebnis« anschaulich machen wollte: »Heute lesen wir in verteilten Rollen!«

Gewiss, Lesedramen kennt die Literaturgeschichte kaum; Stücke müssen gespielt werden, wir wollen Becketts Figuren in Mülltonnen sitzen sehen und vor Augen geführt bekommen, wie das Käthchen von Heilbronn unterm Holunderbusch schläft. Aber warum jene unwürdigen Momente, wenn sich kein Freiwilliger meldet und der Lehrer bestimmt, wer was in verteilten Rollen zu lesen habe? Nein, Amalia in Schillers *Räuber* wollte ich an unserem Knabengymnasium nie geben, nie ausrufen »Es ist der Abschied Andromachas und Hektors – Karl und ich haben's oft zusammen zu der Laute gesungen«. Und auch als Lessings Emilia wollte ich meine Mitschüler nicht erheitern, zumal ich nie recht verstand, warum Vater Galotti sein Kind mit dem Dolche richtet. Emilias letzte Worte »Lassen Sie mich sie küssen, diese väterliche Hand« kämen mir – in meiner Rolle als Emilia – nie glaubhaft über die Lippen.

»Verteilte Rollen« – das hat mich geprägt; Worte wie »Rollenspiel« machen mich seitdem nervös; ich praktiziere dergleichen nie. Meiner Tochter blieb ein

Emilia-Auftritt erspart; sie durfte die anderen komisch finden. Dass ihr Lessings Trauerspiel in verteilten Rollen näher gekommen ist als in unverteilten, glaube ich nicht. Doch immerhin: Inzwischen ist meine Tochter älter geworden und bittet mich heute, bevor sie in Urlaub fährt, regelmäßig um Leseempfehlungen. Klug, wie ich bin, nenne ich ihr nie mehr als drei Titel.

Romananfänge

Aller Anfang ist schwer, belehrt uns der Volksmund, und wenn es eine Berufsgruppe gibt, die allen Grund hat, mit dem Anfangen zu hadern, dann die des Schriftstellers. Unmäßig sind die Erwartungen, wenn es darum geht, vielversprechend Appetit zu machen auf einen womöglich dickleibigen Roman, der die Leser überzeugen soll, nicht im Internet zu surfen oder im Geräteschuppen nach dem Rechten zu sehen. Der erste Satz weist den Weg, bündelt, verlockt, führt in die Irre, schlägt den Takt an … und kann, sofern er misslingt, durch seine Unordnung frühes Leid erzeugen und die Lust auf Fortsetzung der Lektüre gewaltig reduzieren.

Der französische Romancier Julien Green hat einmal erzählt, wie ihn die berühmte Kollegin Gertrude Stein zu seinem zweiten Roman *Adrienne Mesurat* beglückwünschte. Wie sich bald herausstellte, rührte Frau Steins Faszination keineswegs aus einer Kenntnis des »Ganztextes«; ihr Urteil beruhte auf der Wahrnehmung von zehn Wörtern: »Wenn ich sage, ich habe ihr Buch gelesen – ich habe es teilweise gelesen. Und um genauer zu sein: Ich habe den Anfang gelesen. Und um noch genauer zu sein: Ich habe den ersten Satz gelesen, und ich habe gesehen, dass das wirklich ein Satz ist mit einem Anfang, gut gebaut.«

Der Roman, einer der großartigsten Bücher des 20. Jahrhunderts, erzählt von der unerwiderten Leidenschaft der jungen Adrienne, die in der provinziellen Enge zur Rasenden, zur Wahnsinnigen wird. Sein erster, Gertrude Stein so beeindruckender Satz lautet: »Debout, les mains derrière le dos, Adrienne regardait le cimetière.« »Le cimetière«, das ist hier, im Sprachgebrauch der Mesurats, die Porträtansammlung verblichener Familienangehöriger, aus deren Schatten Adrienne im ganzen Roman nicht herauszutreten vermag.

Drei Übersetzerinnen haben sich im Laufe der letzten siebzig Jahre an diesem Auftakt versucht. Irene Kafka folgte 1928 streng der französischen Syntax: »Stehend, mit den Händen auf dem Rücken, betrachtete Adrienne den ›Friedhof‹.« Drei Jahrzehnte später mühte sich die Proust-Übersetzerin Eva Rechel-Mertens (mit mäßigem Erfolg) um eine elegantere Lösung: »Mit den Händen auf dem Rücken stand Adrienne und schaute den ›Friedhof‹ an.« Erst Elisabeth Edls Neuübersetzung rückt die Verhältnisse zurecht und lässt die vielsagende Körperhaltung der Heldin wieder zu Ehren kommen: »Aufrecht, die Hände hinter dem Rücken, stand Adrienne da und betrachtete den Friedhof.«

Nach über siebzig Jahren hat Greens Roman im Deutschen seinen angemessenen ersten Satz bekommen, und so mehren sich seine Chancen, in die Galerie berühmter erster Sätze aufgenommen zu werden. Viele Bücher der Weltliteratur werden nicht zuletzt wegen ihres Beginns geschätzt – Goethes *Wahlverwandtschaften* etwa, die in klarer Erzählerrede den Baron Eduard vorstellen, Fontanes *Stechlin*, der in gelassener epischer Breite die Grafschaft Ruppin vor unseren Augen entstehen lässt, Musils *Der Mann ohne Eigenschaften*, der Meteorologisches thematisiert, oder Prousts *Auf der Suche nach der verlorenen Zeit*, wo die Einschlafgewohnheiten eines sensiblen Ich-Erzählers evoziert werden.

Erste Sätze können bestrickend schön sein, weil sie sofort eine Melodie, einen Ton vorgeben, der gefangen nimmt. Auch moderne, postmoderne und ganz moderne Leser brauchen diese Einstiegsdroge, und der Missmut ist groß, wenn die Apparatur des Romans schon beim Start ins Stottern gerät. Denn zweifelsohne: Erste Sätze können auch erschütternd schlecht sein. Couragierte Profis (darunter etwa stressgeplagte

Verlagslektoren, die die Stapel unverlangt eingesandter Manuskripte zügig abarbeiten müssen) sind manchmal der Ansicht, die Güte von Texten ließe sich bereits nach und mit dem ersten Satz taxieren. Und vielleicht haben sie ja recht. Was zum Beispiel ist von einem Buch zu halten, das mit »Steuerung N: ein neuer Abend« beginnt? Oder mit »Heute ist ein sehr guter Tag«? Oder mit »Das Jahresende schwang nicht aus, ging vielmehr unter in einer verkicherten Feierei, wobei vielleicht dieses Frühlingswetter der Toskana einem die Seele falsch färbt«? Oder mit »Jetzt gehen die wieder an meinen Kühlschrank«? Oder gar mit »Ihre erste Kurzgeschichte wurde veröffentlicht, als Christine Leitenmeier siebzehn war«?

Nein, all das sind keine Belege, die den Fortbestand der Gegenwartsliteratur als wünschenswert erscheinen lassen. Zum Glück freilich sind nicht alle Autoren so einfallsarm, und zum Glück gelingen auch heute noch markante erste Sätze. »Agnes ist tot«, heißt es bei Peter Stamm, »Ilsebill salzte nach« bei Günter Grass, »Mein erster und einziger Besuch bei meinem Therapeuten kostete mich das rote Korallenarmband und meinen Geliebten« bei Judith Hermann und ein wenig forscher bei Lily Brett: »Edek Zepler hatte früher immer polnische Mädchen gebumst«. Letzteres klingt reizvoll, macht gute Stimmung und neugierig darauf, wann, warum und wie Herr Zepler von seinen Polinnen abgelassen hat. Gern mag ich Adalbert

Stifters unaufgeregten *Nachsommer*-Auftakt: »Mein Vater war ein Kaufmann.«

Mühsam ist es auch, Bücher vernünftig enden zu lassen. Damit haben selbst gestandene Haudegen wie Martin Walser ihre liebe Müh und Not: »Zum Beispiel zunehmend ein Problem: der Romanschluss.« Man sieht: Beim Bücherschreiben lauern überall Schwierigkeiten.

Saunalektüre

Wer die ganze Woche über mit Büchern, Manuskripten zu tun hat und überdies mit jenen Menschen, die dafür verantwortlich zeichnen, sehnt sich an seinen freien Tagen nach Entspannung, Entschlackung und Entkalkung. Immer nur mit Geschriebenem und Gedrucktem umzugehen, das ist auf Dauer nicht gesundheitsfördernd, und so zieht es mich ab und zu am Sonntagmorgen in eine Sauna, zwei Häuserreihen weiter, die durch hanseatische Noblesse und gediegene Atmosphäre besticht.

Nach dem ersten Schwitzdurchgang und dem unerschrockenen Sprung ins eiskalte Tauchbecken führt mich der Weg schnurstracks in den Ruheraum, wo hölzerne Liegen und herrliche Erholungsaussichten warten. Da döse ich vor mich hin, denke kaum noch an die Erniedrigungen des Alltags, weder an Rezensionen und Agentengespräche, noch an Stiftungszuschüsse oder Papierengpässe. Nein, davon will ich nichts wissen … bis mein erhitzt-erschöpfter Blick, der ziellos im Raum umherschweift, meine Mitruhenden ins Visier nimmt. Mit Befriedigung registriere ich, dass viele dieser Menschen Sinnvolles tun: Sie lesen – Zeitschriften vor allem, aber auch richtige Bücher, die mir sofort Anlass geben, über den Geistes- und Seelenzustand des deutschen Saunagängers nachzudenken. So richte ich mich leicht auf und versuche – unauffällig, versteht sich – zu entziffern, was hierzulande als geeigneter Sonntagssaunalesestoff angesehen wird.

Neulich stellte sich dabei eine merkliche Erschütterung ein, denn was jenes mir gegenüber ausgestreckte Paar las, erfüllte auf ungeheure Weise alle denkbaren Vorurteile. Keinem Gender-Studies-Symposium über geschlechterspezifische Lesesozialisationen hätte ich meine Beobachtung zugemutet, und keinem Autor würde man in seinem Manuskript derart klischierte Figurenbeschreibungen durchgehen lassen. Doch da dies hier eine wahre Geschichte ist, wage ich es, sie zu erzählen: Er, Mitte dreißig, studierte hoch konzentriert das Fachbuch *Die Eigentumswohnung*, wohingegen sie, ein paar Jahre jünger, sich mit warmem Gesichtsausdruck zuerst in ein *Lebenskunst* betiteltes Heft vertiefte und dann mit besorgterer Miene nach dem Ratgeber *Das Wunder des Fastens* griff. So lagen die beiden nebeneinander, mehr oder minder in sich gekehrt und auf unterschiedliche Art durch die Segnungen der Druckindustrie bereichert, und ich weiß genau, wie es demnächst in der Eigentumswohnung dieses Paares zugehen wird.

Ich selbst begann, leicht irritiert, über die Lesepräferenzen von Mann und Frau zu grübeln, herausgerissen aus meinem Zustand der herrlichen Weltvergessenheit. Einmal gestört, nahm auch ich ein Buch zur Hand (eines habe ich aus Sicherheitsgründen immer dabei!): Christine Gräns Roman *Hurenkind.* Kaum hatte ich begonnen, in diesem schwarz-gold ausgestatteten Werk zu lesen, merkte ich, wie ein anderer Mann mich beziehungsweise mein Buch offenen Mundes anstarrte, da er hinter dessen Titel offensichtlich anstößige Literatur vermutete, die ihn merklich stärker fesselte als seine eigene Lektüre – er las, glaube ich, *Focus.* Auf dem Heimweg, ich erwähne das nur der Vollständigkeit halber, berichtete mir meine Begleiterin, dass dieser am *Hurenkind* interessierte Mann sie ohnehin die ganze Zeit ungebührlich fixiert habe, kaum dass ich mich aus seinem Blickfeld entfernt hätte.

Vorbei war es mit meiner inneren Ruhe. Sollte ich den Voyeur kurz über Christine Gräns Roman aufklären, ihn womöglich von einem Fehlkauf abhalten? Andererseits … leben nicht die meisten Verlage davon, dass Menschen Bücher kaufen, wie Arnold Schwarzeneggers oder Prinz Harrys Memoiren etwa, die Erwartungen wecken und nicht erfüllen? Kurzum, kein Gedanke mehr an Entspannung ... zudem erblickte ich alsbald am anderen Ende der Ruhestätte eine Kulturredakteurin, der ich sonst nur in der Lebensmittelabteilung des nahegelegenen Edeka-Marktes begegne und die, wie mir plötzlich einfiel, seit Längerem keine freundliche Besprechung meiner Bücher mehr geschrieben hatte. Wir nickten, lächelten uns kurz zu, wie Menschen, die an nichts weniger denken, als einander ausgerechnet in der Sauna zu begegnen.

Ich hatte mich für dieses Wochenende genug erholt, schnürte meinen Bademantel und sah beim Hinausgehen, wie jener an Eigentumswohnungen interessierte Mittdreißiger ein Diogenes-Taschenbuch zückte, Bernhard Schlinks Krimi *Selbs Betrug*. Ja, Diogenes, so wie die müsste man es machen, ein Buch ausschauen lassen wie das andere und so eine »Marke« kreieren. Aber hat man dafür nicht auch bei Diogenes Jahrzehnte gebraucht?, dachte ich resigniert und verließ die Sauna in merkwürdig unaufgeräumter Stimmung.

Schafkrimis

Florierten kurzzeitig, als die Dachauer Autorin Leonie Swann 2005 mit *Glenkill* die Bestsellerlisten stürmte. Das Alleinstellungsmerkmal dieses Krimis bestand darin, dass dort üblicherweise als dumpfbackig geltende Schafe einen Mordfall lösen, allen voran die Herdenchefin, die – na ja – den Namen Miss Maple trägt. Natürlich folgte fünf Jahre später eine Fortsetzung – *Garou* –, und als es dann mit den Schafen nicht mehr so lief, ließ Frau Swann (in *Gray*) einen Graupapageien ermitteln – immerhin origineller, als Katzen oder Hunde diesen Job machen zu lassen.

Warum die Autorin sich bei der Wahl ihres Pseudonyms bei Marcel Proust und dessen Lebemannfigur Charles Swann bediente, wissen wir nicht. Die Autorin bestreitet eine Verbindung, was insofern passt, da Schafe in Prousts *Auf der Suche nach der verlorenen Zeit* meines Wissens keine tragende Rolle spielen – ebenso wenig wie das Kartenspiel »Schafkopf« in *Glenkill* und *Garou*. Hätte ich Zeit, Rita Falks bayerische Krimis zu lesen, wüsste ich, ob da geschafkopft wird.

Schlangenschrift

Manche Themen werden in der Öffentlichkeit sträflich vernachlässigt und weder in den Feuilletons noch auf Buchmessen angemessen gewürdigt. Vergeblich warte ich so seit Jahren darauf, gefragt zu werden, was ich von den Erkenntnissen des Fuldaer Arztes Dr. Horst Kujus (1919–1973) hielte. Dieser wies – ich erläutere das besser – bereits 1955 in *Schrift und Auge*, den Klinischen Monatsblättern für Augenheilkunde, darauf hin, dass die Kurzsichtigkeit in nicht geringem Maße dem sogenannten Blicksprung geschuldet sei, der den lesenden Menschen dazu nötige, am Ende jeder Druckzeile zum Anfang der folgenden zu schwenken.

Kein Verlag wollte auf Herrn Kujus' bedenkenswerte Ratschläge hören, auch nicht, als dieser eine Lösung: die »Wende- oder Schlangenschrift«, fand. Dieser geniale Einfall beruht darauf, die Wortbilder in Folgezeilen von rechts nach links aneinanderzureihen, sodass das Gelesene nahtlos zusammenpasst. Die Belastung der Augen werde, Doktor Kujus zufolge, auf ein Minimum reduziert, was wiederum der leidigen Kurzsichtigkeit entgegenwirke.

Verdienstvoll, so muss man die Bemühungen des großen Fuldaer nennen; markante Auswirkungen im Printbereich riefen sie indes nicht hervor. Die wie immer von primitiven merkantilen Interessen geleiteten Verlage dachten und denken nicht daran, ihre Druckerzeugnisse umzustellen und so zu Wohltätern der augenkranken Menschheit zu werden. Erst nach dem Tode des Wendeschrift-Erfinders gelang es, wenigstens ein Stück Weltliteratur in dieser Schlangenschrift vorzulegen, Arthur Conan Doyles *Der blaue Karfunkel*. Wir drucken im Folgenden den Anfang dieser Erzählung ab, lesbar ohne jeden schädlichen Blicksprung. Überzeugen Sie sich selbst:

Am Morgen des zweiten Weihnachtsfeiertags kam ich zu Glückwünsche meine ihm um ,Holmes Sherlock zu überbringen. Er lag auf dem Sofa in einem purpurnen einen und Pfeifenständer den sich neben ,Morgenrock Stoß Zeitungen. Vor der Couch stand ein hölzerner respektabel sehr nicht ein hing Lehne der über ,Stuhl aussehender Filzhut, ramponiert, mit vielen Beulen. Ver-
-la Stuhlsitz dem auf die ,Pinzette und größerungsglas gen, legten die Vermutung nahe, dass Holmes bei der
.war Arbeit

Ob dieses eindrückliche Beispiel genügt, der Branchenpresse ein neues Thema zuzuführen? Ich hoffe es und stehe für Nachfragen zur Verfügung.

Ergänzung: Der Ordnung halber sei erwähnt, dass der verdienstvolle Dr. Kujus auf historische Vorbilder zurückgreifen konnte. *Meyers Konversationslexikon* aus dem Jahr 1888 entnehme ich so folgenden Eintrag: »Bustrophēdon – (griech., ›ochsenwendig‹), Furchenschrift, alte Schreibweise der Griechen, bei welcher die Zeilen, gleich den Ochsen beim Pflügen, einmal von der Rechten zur Linken, dann von der Linken zur Rechten gehen. Diese Manier zu schreiben bildete die Mittelstufe zwischen der von den Phönikern überkommenen linksläufigen und der späteren rechtsläufigen Schrift. Außer zahlreichen Inschriften auf Münzen und Denkmälern waren namentlich die Gesetze Solons so geschrieben.«

Schreibzwang

Was machen Sie an Feiertagen? Gehören Sie zu jenen heimat- und erinnerungsvergessenen Zeitgenossen, die nichts Eiligeres zu tun haben, als ihr Zuhause zu fliehen und auf Fuerteventura oder Bali Longdrinks zu sich zu nehmen und unter hässlich geschmückten Palmen mit Ihnen fremden Menschen *Stille Nacht* zu singen? Nein, vermutlich wissen Sie, was sich gehört, feiern bei Lebkuchen und (veganer) Gans im Kreis der Lieben, machen zwischen Mittagessen und Nusstorte einen Verdauungsspaziergang und erfreuen sich des Abends am Unterhaltungsprogramm, das sich das Fernsehen für Sie ausgedacht hat. Und dann, wenn Ihnen, sagen wir, am zweiten Weihnachtsfeiertag ein klein wenig langweilig wird, weil Tante Hannelore zum zehnten Mal die Geschichte vom umgestürzten Baum und der angekokelten Gardine erzählt, dann putzen Sie intensiv alle Schuhe – auch die der Kinder –, räumen den Werkzeugkasten aus und wieder ein, ordnen (sofern Sie Jurist sind) endlich ihre Loseblattsammlungen, streiten mit dem Ehepartner über Nichtiges, warten sehnsüchtig auf das Auftaktspringen der Vierschanzentournee und wissen bald nichts mehr mit sich anzufangen.

Gehören Sie freilich zu jenen Generationen, die in der Schule noch die Kunst des Lesens erlernten, so zögern Sie keine Sekunde und vertiefen sich – man findet ja sonst keine Zeit dafür! – in all die »guten« Bücher, die man schon seit Langem endlich, endlich lesen wollte. Weihnachten und die unermessliche Zeit »zwischen den Jahren«, da schlägt die Stunde für Thomas Manns *Joseph und seine Brüder*, Hans Henny Jahnns *Perrudja*, Marianne Fritz' *Dessen Sprache du nicht verstehst*, Robert Musils *Mann ohne Eigenschaften* (einschließlich sämtlicher Fragmente) oder die komplette Ausgabe der *Weltbühne*, die man rätselhafterweise vor Jahrzehnten preisgünstig erworben hat und die so endlich vom Staube befreit wird. Vielleicht entdecken Sie auch das Medium des Hörbuchs, lassen sich von Günter Grass seine *Blechtrommel*, natürlich ungekürzt, vorlesen oder – auf halber Lautstärke – von der Schauspielerin Susanne Schäfer die CD *Dreckige Witze*.

Sie halten nichts von passivem Lektüregenuss? Sie verfahren nach der altbekannten Maxime »Das bisschen, was ich lese, schreib' ich selbst«? Dann werden Sie die weihnachtliche Stille dazu nutzen, sich im Glitzerschein des Lamettas ihre Prosa selbst anzufertigen. Sie werden kunstvoll reimen, Alliterationen bilden, ein mutiges Oxymoron basteln und sich vor Vergnügen auf die Schenkel schlagen, wenn Ihnen ein Erzählstück gelungen ist, das die »stream-of-consciousness«-Technik verfeinert. Heute schreibt bekanntlich jeder, warum nicht auch Sie? Vor vielen Jahren ließ der Schweizer Adolf Muschg seine Frankfurter Poetik-Vorlesungen *Literatur als Therapie* noch mit einem Fragezeichen ausklingen; heute sieht sich jeder befähigt, sein Innerstes in literaturähnliche Sätze zu verwandeln.

Die Unternehmensberaterin Ute Herwig etwa hat ein kleines, nützliches Buch mit dem Titel *Zeit managen* geschrieben. Im Kapitel »Die eigenen Ressourcen pflegen« rät die lebenskluge Autorin dazu, jeden Morgen zu schreiben, mindestens drei Seiten. Selbstzweifel werden nicht zugelassen: »Jeder kann schreiben. Sie können es, versuchen Sie es! Wenn Ihnen wirklich nichts einfällt, dann schreiben Sie: ›Ich weiß nicht, was ich schreiben soll.‹«

So einfach ist das, und es kommt mir vor, als würden sich einige Gegenwartsliteraten insgeheim an Frau Herwigs Ratschlag orientieren. Das Schreiben ist – so gesehen – ideal geeignet, das Fest der Liebe sinnvoll zu gestalten. Sie denken etwas über sich selbst nach, erinnern sich an den ersten Kuss oder die letzte Meisterschaft der Braunschweiger Eintracht. Das läutert, kostet wenig, stört, sofern die Feder nicht kratzt und die PC-Tastatur nicht klemmt, keinen und verleiht jene Aura von Bedeutsamkeit, wie sie nur künstlerisches Tun erzeugt.

Eines tun Sie bitte nicht: Berauschen Sie sich nicht an Ihrer Prosa. Kündigen Sie am 2. Januar nicht sofort ihre Arbeitsstelle, weil sie meinen, endlich Ihre wahre Berufung erkannt zu haben. Belästigen Sie nicht Agenten oder Verlage mit eingeschriebenen, rückportofreien Sendungen. Es gibt ohnehin zu viele Bücher, das weiß jedes Kind. Oder wenn es unbedingt sein muss, dann gönnen Sie sich etwas, nehmen Ihre letzten Euros zusammen und werfen Sie sie einem Internetverleger in den Rachen. Die Angebote, ein Buch drucken zu lassen, sind in den letzten Jahren deutlich günstiger geworden, und angenommen wird alles, selbst reimlose Weihnachtssonette, ehrlich. Vielleicht beherrschen Sie sich aber und denken an die Verse Robert Gernhardts: »Nein, was muss man oft von bösen / Künstlern hören oder lesen! / Ja, da lob ich mir die guten, / die uns all dies nicht zumuten.«

Sie wollen an Weihnachten nicht schreiben? Auch okay, Sie können ja mal wieder Schlitten fahren oder mit Omi Patiencen legen.

Schtrampfngugel

Sprache verändert sich, oft in einem schleichenden Prozess, von dem wir gar nichts mitbekommen. Nichts ist in Stein gemeißelt, was diejenigen missverstehen, die glauben, es gebe in Grammatik oder Rechtschreibung unumstößlich Richtiges, das für alle Zeiten gelte.

Auch Redewendungen gehen verloren, wenn sie nicht mehr verstanden werden, sich auf Gegenstände oder Zusammenhänge beziehen, die sich aus dem kollektiven Gedächtnis verabschiedet haben. »Wo der Barthel den Most holt« ist so eine Wendung, deren Ursprung vergessen ist und die von jüngeren Sprecherinnen und Sprechern nicht mehr verstanden, geschweige denn benutzt wird. Auch meine Montagsversuche, im Büroalltag mit »Heute gehen wir ran wie Blücher (in der Schlacht an der Katzbach)« motivierend zu wirken, fruchten nicht mehr. Niemand weiß mehr, wo die Katzbach fließt, wer da wann gegen wen kämpfte und dass es damals einen schneidigen Generalfeldmarschall namens Blücher gab. Was es mit vom Aussterben bedrohten Wendungen auf sich hat, lässt sich in den Büchern des Bamberger Literaturwissenschaftlers Rolf-Bernhard Essig nachlesen, der uns seit Jahren (in *Da wird doch der Hund in der Pfanne verrückt*, *Da haben wir den Salat* oder *Pünktlich wie die Maurer*) mit etymologischen Informationen dazu versorgt.

Die Trauer über aus der Mode gekommene Vokabeln oder Redewendungen ist weit verbreitet und führt dazu, dass sich Gegeninitiativen formieren, um bedrohte Wörter vor dem Untergang zu retten. So etwa in der Steiermark, wo vor etlichen Jahren anlässlich einer Peter-Rosegger-Landesausstellung ein eigens einberufenes Kuratorium eine »Rote Liste der aussterbenden steirischen Wörter« aufstellte. Das dort aufgeführte bedrohte Gut wurde zur Adoption freigegeben; Prominente übernahmen die Patenschaft, darunter der damalige Bundespräsident Dr. Thomas Klestil, der sich für »Roan« entschied, den »verbindenden Streifen zwischen zwei Grundstücken«. Der Musiker Gert Steinbäcker hingegen wählte »wöha«, einen Anfeuerungsruf für Kühe.

Neben den oberen Zweitausend wurde auch das gemeine Volk eingeladen, schützenswertes Worturgestein vorzuschlagen. Ein gewisser Dr. Alois Schoihsradl zum Beispiel regte an, das aus dem Jagdwortschatz stammende »Schtrampfngugel« zu bewahren. Er habe es immer gehört, »wenn der Großvater auf die Pirsch« gegangen sei. Wochen später erhielt Dr. Schoihsradl eine offizielle Urkunde mit folgendem Wortlaut: »Das Kuratorium hat nach eingehender Prüfung und im Sinne Peter Roseggers Dr. Alois Schoihsradl die Patenschaft für das steirische Wort ›Schtrampfngugel‹ übertragen. Oben genannte Persönlichkeit bekennt sich zu einem eigenständigen steirischen Sprachschatz und verpflichtet sich, dieses Wort im persönlichen Wirkungsbereich zu verbreiten, zu beleben und dessen Inhalt verständlich zu machen.« Unterzeichnet ist das Dokument vom Brauereirepräsentanten Dr. Gruber, Bankdirektor Dr. Doppelhofer und vom Kuratoriumsvorsitzenden, dem Wirtschaftshistoriker Dr. Dr. Gerald Schöpfer.

»Eingehend« also habe man »Schtrampfngugel« geprüft … Was aber bedeutet dieses schützenswerte Wort? Man müsste Dr. Schoihsradls Großvater befragen.

Sensibles Lesen

In schwachen Momenten der langen Corona-Monate erlag auch ich der Versuchung und lenkte mich mit einfach gestrickten TV-Serien ab. *King of Queens* – die über 200 Folgen um die Eheleute Doug und Carrie Heffernan und deren im Keller hausenden Vater Arthur – hieß mein Favorit der abendlichen Tiefenentspannung. Um mich vor seelischen Erschütterungen zu warnen, ist im Vorspann jeder Folge eine Art Stoppschild eingeblendet, das mir mitteilt, womit ich in den folgenden gut zwanzig Minuten zu rechnen habe. »Drogenkonsum«, »Schimpfwörter« oder »sexuelle Inhalte« steht da geschrieben – eine Aufforderung an sensible Gemüter, den Apparat auszuschalten und lieber in der *Landlust* zu lesen.

Darüber mag man milde lächeln, doch es steckt mehr dahinter. Seit geraumer Zeit kursiert längst nicht mehr nur in den USA das Bestreben, alles vermeintlich Anstößige und Zweideutige zu brandmarken und auszumerzen. Dagegen ist wenig zu sagen, wenn es um öffentliche Reden, Sachtexte oder Reportagen geht. Niemand in unserer Gesellschaft soll fahrlässig beleidigt oder diskriminiert werden, und so geben wir uns alle Mühe, »korrekt« zu sprechen. Was das Zigeunerschnitzel meiner Kindheit war, habe ich so fast vergessen, und schlimm ist das nicht. Jägerschnitzel ist ja noch erlaubt (wenngleich selbst das irgendwie bedenklich klingt).

Die gute Absicht, es allen recht zu machen und vor jedem Druck in den sozialen Medien zu kuschen, führt freilich dazu, dass sich dort, wo die Meinungsfreiheit in besonderem Maße herrschen sollte, Verunsicherung breitmacht. In Zeitungsredaktionen, öffentlich-rechtlichen Rundfunkanstalten, Filmstudios und Buchverlagen waltet die Angst, irgendjemandem auf die Füße zu treten und in der Folge einen Shitstorm zu ernten, und so versucht man, sich vorbeugend unangreifbar zu machen.

Dieser Trend hat längst fiktionale Texte erreicht. Man säubert die Klassiker, stellt erschüttert fest, dass bei Shakespeare, Daniel Defoe, Mark Twain, Ernest Hemingway oder Roald Dahl nicht so super aufgeklärt wie in unseren Tagen gesprochen und gehandelt wird. Sind nicht auch Thomas Bernhards Theaterstücke, in denen gierige ältere Gestalten fast an Brandteigkrapfen ersticken, zutiefst menschenverachtend? Sagen wir es offen: Wenn Literatur ihren Namen verdient, ist sie das Gegenteil von einem gut gemeinten Benimmratgeber. Große Romane und Dramen zeichnen permanent zweifelhafte Charaktere; da wird gehurt, gesoffen, gekifft, missbraucht, beleidigt, vergewaltigt und getötet. All das gefällt uns im realen Leben meist nicht, doch Literatur lässt sich nicht mit diesen Maßstäben messen. Sie muss man aushalten.

Dass Literatur sich oft dadurch auszeichnet, gegen gesellschaftliche Normen und Moralvorstellungen zu verstoßen und sich von nichts und niemanden einschränken zu lassen, galt lange Zeit als ihr Markenzeichen. Von Jean Genet bis A.L. Kennedy, Michel Houellebecq oder Sibylle Berg zum Beispiel lässt sich ein Bogen von literarischen Texten spannen, in denen die Frage von moralischer oder politischer Korrektheit keine Rolle spielt. Und würde sie als Maßstab eine Rolle spielen, hätten wir es nicht mit ernsthafter Literatur zu tun. Diese fördert nicht per se das Gute, Schöne und Wahre. Literatur stellt infrage, wie Gesellschaften das Gute, Schöne und Wahre deklarieren und ideologisch umdeuten. Auch Günter Grass bekam das in prüden bundesrepublikanischen Zeiten zu spüren. Nachdem er mit der *Blechtrommel* (1959) das Sittlichkeitsempfinden konservativer Kreise tief verletzt hatte, empörte seine zwei Jahre später erschienene Novelle *Katz und Maus* einen Beamten des hessischen Ministeriums für Arbeit, Volkswohlfahrt und Gesundheitswesen derart, dass er bei der Bundesprüfstelle einen Antrag stellte, Grass' Buch als jugendgefährdende Schrift einzustufen.

Wer diese Sprengkraft der Literatur vergisst, scheint insgeheim von einer moralisch tadellosen, gewaltfreien Literatur zu träumen, in der das Edle messerscharf erkannt oder das Üble schnell besiegt wird. Wohin das führt, zeigt der vor Kurzem im dtv erschienene Roman *Der Abstinent* des Engländers Ian McGuire. Dieses feine, lesenswerte Buch spielt im Manchester des Jahres 1867, und weil es um Kämpfe im englisch-irischen Konflikt geht, spielt Gewalt keine kleine Rolle. Manche Figuren, wie etwa der Kriegsveteran Stephen Doyle, entsprechen auch charakterlich nicht unseren Idealen. Das alles scheint ausgereicht zu haben, um im Lektorat gehöriges Muffensausen zu erzeugen, und so steht im Impressum des Romans nun eine unfassliche editorische Notiz: »Auf Seite 313 beleidigt Stephen Doyle einen Schwarzen rassistisch.«

Die Beispiele häufen sich von Monat zu Monat. Auch vor dem Tropen Verlag macht solch vorauseilender Gehorsam nicht Halt. Denn in dem im Frühjahr 2023 auf Deutsch erschienenen Roman *Mr. Loverman* seiner Starautorin Bernardine Evaristo wimmelt es von Sätzen, die jedes auf Sensibilität geeichte Lektorat erzittern lassen. Derjenige, der sie vor allem im Munde führt, heißt Barrington Walker, Barry genannt, ein Mann von Mitte siebzig, der sich nicht scheut, Frauen als »Schreckschrauben« zu bezeichnen und sich über die Attitüden von Homosexuellen lustig zu machen. Das alles hat den deutschen Verlag so schockiert, dass er als Alibi ins Impressum diese Warnung einrückt: »Sprache und Sprachgebrauch in diesem Roman folgen der Figurenrede. Die Übersetzung orientiert sich bei kritischen Ausdrucksweisen, Sprachfärbungen und Vergleichen eng am Original.« Man wundert sich, dachte, dass Figurenrede und Autorenmeinung immer schon zwei verschiedene Paar Stiefel gewesen seien, und hätte darauf geschworen, dass Übersetzer sich stets »eng am Original« orientieren würden …

Mit einem Mal begreift man, welche ungeheure Arbeit die Verlage vor sich haben. Überall, wo in Büchern gelyncht, gehurt, gesoffen oder gedealt wird, sind Warnhinweise unabdingbar. Und übrigens: Auch in Museen gibt es sehr viel zu tun; auch da hängen Bilder, die Gefühle verletzen, beleidigen und Menschen diskriminieren könnten. Es handelt sich eben um Kunst.

»Sensitivity Reading« heißt das schreckliche, das neue Zauberwort. Dabei handelt es sich um eine Art Vorablektorat, das bewirken soll, dass sich durch Verlagserzeugnisse oder Rundfunksendungen niemand verletzt fühlen könnte. Liest man die einschlägigen Websites zu diesem Thema, ereilt einen das pure Grauen. Die Absicht, aus scheinbar hehren moralischen Gründen, nicht nur Sachbuch-, sondern auch literarischen Texten alles potenziell Diskriminierende auszutreiben, führt nur zu einem: zu einer Literatur, die diesen Namen nicht verdient, ja letztlich zum Tod der Literatur. Jawohl!

Sex 1

Auch Nobelpreisträger bleiben manchmal hinter ihren Möglichkeiten zurück. Da mag ein Peter Handke sich sprachlich noch so geschliffen mit der Jukebox, sanitären Einrichtungen oder dem Mont Ventoux auseinandersetzen, doch wenn es um die körperliche Vereinigung von Menschen geht, fehlt es seiner Prosa irgendwie an Überzeugungskraft. In *Der Chinese des Schmerzes* (1983) beispielsweise scheut Handke vor dem sinnlich Konkreten zurück und flüchtet sich – ein alter Trick – ins transzendent Überhöhte, für das es bekanntlich keine rechten Worte gibt: »In der Lust strebten die Körper einmal nicht auseinander, sondern blieben zusammen. Sie vollzogen die Handlung, die kein rauschhafter Kampf war, sondern ein wuchtiges Spiel; das ›Juwel der Spiele‹. In dieser Liebesnacht herrschten die andere Zeitrechnung und der andere Ortssinn.«

Weniger entrückt hat sich sein Nobelpreiskollege Günter Grass der Sache angenommen und es – übertroffen wohl nur von Martin Walser – in seinem Alterswerk an Deftigkeit nicht fehlen lassen. So zu lesen in seinem Lyrikband *Letzte Tänze* (2003): »Soeben noch schlaff und abgenutzt / Nach soviel Jahren Gebrauch / steht er / – was Wunder! / Er steht –, / will von dir, mir, und dir bestaunt sein.« Überschrieben sind diese eher schlichten Verse mit »Ein Wunder«, was zeigt, dass es dem Dichter Grass nicht an Selbstbewusstsein mangelte. Elke Heidenreich nahm solche und ähnliche Hervorbringungen zum Anlass, von »ekelhafter Altmännerliteratur« zu sprechen.

Handke, Grass … man sieht, es ist ein Kreuz mit den Bemühungen, sich sexuellen Themen literarisch überzeugend zu nähern. Noch vor sechzig, siebzig Jahren herrschte zumindest in der deutschsprachigen Literatur allenthalben die Furcht, in eroticis unverblümt zur Sache zu kommen. In den Werken eines Heinrich Böll, Siegfried Lenz oder Friedrich Dürrenmatt finden sich so gut wie keine expliziten Stellen, zumal es damals zu befürchten stand, dass Texte, die gegen Dezenzgebote verstießen auf dem Index landeten. Allenfalls bei Arno Schmidt oder Günter Grass stieß man auf die eine oder andere Kühnheit.

Erst nach 1970 änderte sich die Lage, als die Studentenunruhen und die sexuellen Aufklärungsaktivisten Oswalt Kolle, Uschi Obermaier & Co. ganze Arbeit geleistet hatten. Die westlichen Gesellschaften öffneten sich in Windeseile, und was vorher tabuisiert wurde und als obszön galt, wurde nun zu einer Offenheit und Unverklemmtheit verheißenden Selbstverständlichkeit. Die Konsequenzen für die Literatur waren mit Händen zu greifen: Selbst Autorinnen und

Autoren, deren Texte normalerweise vor Sinnlichkeit nicht überquollen, sahen keinen anderen Ausweg mehr, als alle Schranken (und Hüllen) fallen zu lassen und Sexualpraktiken zu präsentieren, die einer breiten Öffentlichkeit zwanzig Jahre zuvor gänzlich unbekannt waren.

Hilflosigkeiten, wie sie Bernhard Schlink noch 2010 zu Papier brachte – »Es klappte schon beim ersten Mal, er kam nicht zu früh, und sie kam auch, und bis zum Morgen gab er ihr, was ein Mann einer Frau geben kann« –, wurden zu Ausnahmen. Stattdessen folgten detailreiche Bettszenen auf detailreiche Bettszenen, und da die sich tapfer abrackernden Autoren auf keinen Fall in Pornographieverdacht geraten wollten, zogen sie stilistisch alle Register, um Cunnilingus, Coitus a tergo, Chinesische Schlittenfahrt (schlagen Sie das bei Unkenntnis bitte selbst nach) und Fellatio zu literarisieren.

Die daraus erwachsenden Probleme sind in jedem zweiten Gegenwartsroman offenkundig: Um sich von einem plumpen Vokabular, das seine Verben aus Baumarktregalen (hämmern, nageln, schrauben …) bezieht, und von Stereotypen (»Er kam sofort«, »Sie rissen sich die Kleider vom Leib«) abzugrenzen, tauchten nicht wenige Schriftsteller in die Metaphernwelten des Animalischen, Botanischen und Kulinarischen ab. Da werden Brüste zu Melonen und Kürbissen, da gleicht die Vagina einer Orchidee, der

Penis einem Aal und riecht wie Fisch, und da fällt der Mensch, nein, vor allem der Mann, in animalische Besinnungslosigkeit, sobald ein Orgasmus naht, – wie bei Büchnerpreisträger Lukas Bärfuss: »Kaum hatte ich sie nach Hause geschickt, fielen wir übereinander her, trieben es wie zwei hungrige Tiere, kurz nur, atemlos und wie von Sinnen.«

Seit Jahren beschäftige ich mich damit – man hat ja sonst keine Hobbys –, Sexstellen aus der Gegenwartsliteratur zu sammeln. Das ist eine Heidenarbeit, deren Resultate erschüttern. Denn selbst die klügsten, ausgewiesensten Autoren scheitern an dieser Aufgabe und bringen selten mehr als Gruseliges oder unfreiwillig Komisches zustande. Der Druck, sich in diesem heiklen Stoffgebiet auszuzeichnen, scheint zu groß und zu belastend, ja ist in den letzten Jahren durch Veröffentlichungen wie Charlotte Roches *Feuchtgebiete* oder E.L. James' *Fifty Shades of Grey* noch einmal gestiegen.

Was aus dieser Überforderung folgt, scheint eindeutig. Mehr und mehr verfallen Autorinnen und Autoren in ein resignatives Schweigen und sehnen sich insgeheim nach den Zeiten zurück, da der Sexualverkehr zwischen den Zeilen stattfand und man wie in Fontanes *Effi Briest* oder *Schach von Wuthenow* minutenlang nach den entscheidenden »Stellen« suchen musste. Warum, fragen sich heute viele, nicht dem Vorbild besonnener Kollegen folgen? Max

Frisch zum Beispiel, der seine Versuche, über Sex zu schreiben, irgendwann einstellte: »Mir gelingt es nicht.« Oder Wolf Haas, der zwar irreführenderweise einen Roman mit dem Titel *Verteidigung der Missionarsstellung* publizierte, doch in Wahrheit um sexuell Einschlägiges in seinem Werk einen weiten Bogen macht: »Dennoch ist eine Sexszene etwas, das ich in meinem ganzen Leben nicht schreiben könnte. Es wäre mir so peinlich. Es ist mir sogar für andere Autoren peinlich, ihre Sexszenen zu lesen. Ich stelle mir immer vor, wie die am Computer sitzen und das alles schreiben.«

So weit sind wir gekommen. Mustert man die deutschsprachigen Romane der letzten Zeit, fällt auf, wie lust- und freudlos da sexueller Schichtdienst geschoben wird, wie sehr ihre Verfasser danach streben, das Minenfeld des Themas zu umgehen. Saša Stanišić, Jan Peter Bremer, Inger-Maria Mahlke, Simone Lappert, Norbert Gstrein – nichts an sexuell Bemerkenswerten ist mir aus deren jüngsten Romanen in Erinnerung geblieben. Wer die Klippen niedergeschriebener Stellungsspiele umschifft, kann nicht scheitern – so das Motto. Und selbst da, wo Sex noch aktiv praktiziert und nicht in Leerstellen verbannt wird, enttäuscht das Ergebnis. In Nora Bossongs *Schutzzone* zerrt man in einem Zimmer des teuren Hotel Beau-Rivage zwar ein wenig an den Kleidern herum und umfasst Hüften, doch in actu sinnieren die Protagonisten abtörnenderweise darüber, wer am Ende wohl die Rechnung von 600 Franken bezahlen mag.

Kaum anders in Karen Köhlers *Miroloi*, wo die anfangs namenlose, später Alina genannte junge Heldin versucht, eine Sprache für die ihr fremde Welt der Sexualität zu finden. Von Knospen, Pfeilen und Stacheln ist da in bewusster Ratlosigkeit die Rede, ehe die Dinge voranschreiten und es aparterweise zu Sex in einem Hühnerstall kommt. Während die Küken aufgeregt piepsen, stehen Alina und ihr heimlicher Liebhaber vor unverhofften technischen Problemen: »Yael versucht in mich einzudringen, aber der Winkel stimmt irgendwie nicht.«

Selbst eine Altmeisterin wie Sibylle Berg verliert allmählich ihre Freude am Sujet. Ihr Werk ist seit seinen Anfängen durchzogen von oft bizarren Paarungsmomenten, die nichts Schönes an sich haben und Ekliges anhäufen. Der von jederzeit fickwilligen, dumpfen Männern, die Frauen zu zweitrangigen Objekten machen, dominierte Sex ist Teil eines Szenarios, das Kapitalismus und Patriarchat als die Schuldigen ausmacht. Doch in ihrem mit dem Schweizer Buchpreis ausgezeichneten Großroman *GRM. Brainfuck* walten Ermüdungserscheinungen. Gewiss, da wird zu Prince-Charles-Fotos onaniert, da trifft man auf »Fleischwurst«-Penisse, und da gibt es mitunter ein »kurzes Ficken, dem ein erneutes kurzes Ficken« folgt. Doch vom Furor vergangener Tage ist in Bergs

Prosa kaum noch etwas zu spüren, zumindest wenn es um geschlechtlich Eindeutiges geht. Konsequenterweise heißt es in *GRM* dann: »Vielleicht ist Sex nur gut, wenn man keinen Sex hat.«

Das, so scheint mir, ist ein Zukunftswink für die Literatur. Denn wo kein Sex mehr ist, werden die peinlich missglückten Beschreibungen von Sex rapide abnehmen.

Sex II

Nach meinem Berufswunsch befragt, antwortete ich in jungen Jahren ohne Zögern: »Lehrer!« Dort wirken zu wollen, wo man ohnehin viel Zeit als Schüler verbringt, mag ein wenig kleingeistig erscheinen, doch für mich schien dieser Weg vorbestimmt. Trotzdem wurde daraus nichts. Zur gleichen Zeit absolvierte ich meine Prüfung als Fußballschiedsrichter und amtierte in dieser Funktion acht Jahre lang unerschrocken auf württembergischen Dorfsportplätzen. Danach begann ich Literaturkritiken zu verfassen, was ich bis heute tue.

Lehrer, Schiedsrichter, Kritiker – da deutet vieles auf ein einheitliches Charakterbild hin, und ich will nicht leugnen, dass ich mitunter eine gewisse, meine Umgebung belastende Besserwissermentalität an den Tag lege. Auf die Literatur bezogen bricht diese besonders dann hervor, wenn Autoren es sich nicht nehmen lassen, sexuelle Vorgänge zu beschreiben. Seit den 1970er Jahren greift diese Libertinage um sich (siehe »Sex I«), selten auf gelungene Weise. Und so greife ich regelmäßig zum Rotstift und nehme erotisch sein wollende Texte genauer unter die Lupe, um, meinem ersten Berufswunsch nachtrauernd, Schulnoten zu verteilen.

STELLE 1

»Er küsste mich plötzlich mit einer Wildheit, die mir Angst machte, drängte mich an einen Pfeiler, und noch bevor ich richtig begreifen konnte, was genau vor sich ging, hatte Arik mir die Strumpfhosen und den Slip heruntergezogen, und im Stehen versuchte er, in mich einzudringen. Ein Bus und mehrere Autos fuhren vorbei, einige hupten.«

Frauen sind, zumindest in der Literatur, beim Sex manchmal begriffsstutzig. So auch hier: Ängstlich nimmt sie seinen Übertölpelungsversuch hin – eine selbstverständlich ungemein wilde Attacke, die mit der Kleidung des Sexualobjekts kurzen Prozess macht. Zur Nachahmung nicht empfohlen, denn mit Sicherheit verzieht man sich dabei das Kreuz und verheddert sich auf halber Höhe im Strumpfhosenslipgewirr. Mit dem Eindringen im Stehen funktioniert das meist nur in der Fiktion. Die überdeutlichen Sexualsymbole »Pfeiler« und »Hupen« erfreuen nicht

durch Originalität. Der Akt selbst scheint wenig herzugeben – wenn nicht einmal die Autos anhalten. Die eingerissenen Strumpfhosen und der ausgeleierte Slip dürften post festum nicht mehr zu gebrauchen sein. Arik bedeutet übrigens »edler Anführer«.
Note: 4

STELLE 2

»Dann gleitet seine Hand von den Brüsten zum Reißverschluss ihrer Hose, öffnet ihn und gräbt sich zu ihrer Scheide vor, tastet diese ab, bohrt den Mittelfinger hinein und lässt ihn auf und ab gleiten. Inzwischen hat er ihr T-Shirt hochgeschoben, ihre Brüste entblößt, und während er sie am Hals und mit seinen Oberschenkeln gegen die Bergwand gedrückt hält und langsam ihre Hose hinunterzieht, leckt er abwechselnd die eine, dann die andere Brustwarze.«

Gleiten, öffnen, graben, tasten, bohren und schon wieder gleiten – es ist ein Kreuz mit dem sexuellen Verbrepertoire. Bei Ernest Bornemans Wörterbuchklassiker *Sex im Volksmund* schlägt keiner mehr nach. Immerhin gibt sich der von Gier getriebene Mann alle Mühe und versucht – ein echter Multitasking-Virtuose – mehrere komplexe Vorgänge gleichzeitig zu vollziehen. Zumal er das leidige Reißverschlusshindernis (Frauen sollten, wenn sich etwas

anbahnt, zu Leggings oder kurzen Röcken greifen) zu überwinden hat. Zum Glück trägt sie wenigstens ein leicht zu entfernendes T-Shirt und hält still. Schade, dass die alpine Abgeschiedenheit des Aktes nur angedeutet ist. Gedanken an Heinos *Blau blüht der Enzian* (»In der ersten Hütte, da haben wir zusammengesessen. / In der zweiten Hütte, da haben wir zusammen gegessen. / In der dritten Hütte hab' ich sie geküsst. / Keiner weiß, was dann geschehen ist«) sind erlaubt. Damals ging es in den Bergen gesitteter zu.
Note: 3,5

STELLE 3

»Sie drehte sich um, kniete nun über mir und senkte ihren Schoß wie in Zeitlupe in Reichweite meiner Zunge. Sie wusste zu gut, wie gern ich sie ansah, sie roch und schmeckte, sie leckte, an ihr saugte und aus ihr trank. Sie wusste, wie heftig es mich selbst erregte und wie sehr ich es genoss, wenn ihre Schenkel sich verkrampften und mich an sie pressten, um mich Sekunden später wieder freizugeben, sodass sie sich ein wenig zurückziehen konnte, gerade so weit, dass meine Zunge sie noch erreichte und zärtlich abtupfen konnte.«

Diese Frau weiß, was Männer wünschen. Diese Frau kennt ihren Pappenheimer. Wenn der nur besser mit

Sprache umgehen könnte. Nicht so umständlich (»in Reichweite«) wäre. Keine penetrante (!) Vorliebe für das Wörtchen »wie« hätte. Nicht darauf bestünde, dass eine feuchte Zunge in der Lage ist, einen feuchten Vaginalbereich »abzutupfen«. Und das Verb »verkrampfen« nicht falsch verwenden würde. Ob die Frau richtig beraten ist, diesem »Genießer«, der eine trübe Tasse zu sein scheint, so viel Engagement entgegenzubringen? Fast sehnt man sich nach Noah Gordons *Der Medicus* zurück, wo das Misslingen wenigstens komisch klingt: »Instinktiv drang er in sie ein und stieß. Ihm wurde klar, dass Gott ein ausgezeichneter Zimmermann war, denn sie besaß ein heißes, glitschiges Loch und er den dazu passenden Zapfen.«
Note: 5

STELLE 4

»Sie spreizte die Beine und gab den Blick frei auf das Hässlichste, was Robert je gesehen hatte. Es sah aus wie Knetmasse. Wie ein zusammengeknüllter Oktopus, der in eine enge Höhle gestopft worden war. Wie das Schattenprofil von Alfred Hitchcock. Weiche, herabhängende Hautlappen mit etwas Nasenartigem in der Mitte. Und das sollte das Mysterium des Lebens sein? Er blickte weg und ließ sich auf ihr nieder, sein Penis war zusammengeschrumpft auf die Größe eines Shrimps.«

Wer als Autor zu dezent oder unsicher ist, seine Mutter mit eindeutigen selbst geschriebenen Sexstellen zu schockieren, der flüchtet gern ins Satirische oder Überzeichnete. So wie Roberts Erfinder, der es zielsicher (und natürlich frauenverachtend, ich weiß) vermeidet, beim Leser erotisches Prickeln aufkommen zu lassen. Allerdings kann der formulieren und gibt sich Mühe, nicht die üblichen Nullachtfünfzehn-Vergleiche abzuliefern. Ich habe nach der Lektüre gleich Alfred-Hitchcock-Fotos gegoogelt. Schön auch, wie konsequent die schlüpfrig-glitschige, dem Sexuellen seit jeher verbundene Wassermetaphorik (Undine! Nixen! Scharping!) integriert wird. Wenngleich das mit dem Shrimps-Format zu denken gibt. Sich damit auf einer gutwilligen Frau niederzulassen ist eine Zumutung. Weiterführend sei Ulrich Schulz' Unterwasserfilm *Mysterium des Lebens* empfohlen.

Note: – (wegen Themaverfehlung)

STELLE 5

»Doch während er noch flüsterte, rissen wir
uns gegenseitig die Kleider herunter, er presste
mich mit seinem Körper gegen einen Baumstamm,
drang in mich ein, Rinde schrammte an
Schulterblättern, ich kam sofort.«

Was hat er ihr wohl ins Ohr geflüstert? Auf jeden Fall reißt man sich wieder die Kleider vom Leib. Wobei es viel reizvoller wäre, Sex mal ganz gemächlich und gediegen einzuläuten. Sich stilvoll entkleiden, Hose und Rock schön zusammenlegen, Hemd und Bluse auf den Stummen Diener drapieren und dann ab aufs Laken: Nach ihnen, bitte! Nichts davon hier.

In der freien Natur (der Baumstamm ... schon klar) kommt es ohne Tamtam zum Turbosex. Er scheint ein toller Hecht und Hengst zu sein. Dass sie blitzartig von einem Orgasmus ereilt wird, ist erfreulich. Warum er hinterherhinkt, bleibt unklar. Allerdings sollte man das – pardon! – etwas ausgelutschte und durchgenudelte Verb »kommen« in solchen Zusammenhängen meiden. Immerhin bringt die schrammende Rinde ein wenig Poesie in den sehr schnörkellosen Text. »Ich schnitt' es gern in alle Rinden ein«, heißt es in einem Schubert'schen Liebeslied, das freilich übers Vorspiel nicht hinauskommt.

Note: 4

STELLE 6

»Am Nachmittag hatte er nachgedacht über den Punkt, wenn ihm alles egal sein und er sich einfach gehen lassen würde. Jetzt ließ Katharina die Hände über seinen Rücken wandern, so wie es Maria beim Abschied auf dem Hackeschen Markt getan hatte.

Es war eine stille Sommernacht, in der er neben sich stand und den älteren Mann beobachtete, der geglaubt hatte, er könne mit einer jungen Frau Sex haben in diesem dunklen Hinterhof. Sein eigenes Tun, erlebt wie das Wirken einer anderen Kraft.«

Berlin, da pulsiert das Leben, da geht die Post ab, gerade auf erotischem Terrain. Sagt man. Und dass einem beim sexuellen Höhepunkt die Sinne schwänden und man außer sich gerate, sagt man auch. Fehlanzeige hier. Da meint einer, den großen Coup landen zu können. In Berlin, im Hinterhof, im Stehen (wer vögelt eigentlich noch in der Horizontalen?). Doch nichts klappt. Weil sie wohl nicht will, wegen Maria vermutlich. Weil er sich selber zusieht, anstatt sich zu vergessen – wie es ältere Männer zu tun pflegen. Beim Sex jedoch führt das zu nichts. Desgleichen in dieser Passage. Hier lässt sich keiner gehen, hier kommt keiner. Vielleicht sollten die beiden einen Wein trinken gehen und gute Freunde bleiben. So gesehen zeichnet sich diese Szene durch eindrücklichen Realismus aus. Auch in Berlin wird beim Sex nur mit Wasser gekocht.
Note: 2,5

Signiermaschine

Die Bob-Dylan-Gemeinde war empört. Da bietet sein amerikanischer Verlag Simon & Schuster des Meisters opulentes Werk *The Philosophy Of Modern Song* in einer limitierten, handsignierten Ausgabe für schlappe 600 Dollar an, nebst einem Verlegerbrief, in dem die Echtheit der Unterschrift eigens bestätigt wurde. Doch alsbald tauschten sich die solventen Käufer untereinander aus und stellten fest, dass sich die Signaturen wie ein Ei dem anderen glichen. Zähneknirschend mussten der Nobelpreisträger und sein Verlag einräumen, dass es sich bei den vermeintlichen Unterschriften um mechanische Duplikate handele, angefertigt von einer Signiermaschine. Das Geld erhielten die Geprellten umgehend zurück.

Ein solcher Täuschungsapparat ist keine Erfindung von bösen US-Mächten. Sogar Adolf Hitler soll eine solche Maschine (auch Unterschriftenautomat genannt) in seinen letzten Lebensjahren eingesetzt haben – eine Information, die, nebenbei bemerkt, für den *stern* und Konrad Kujau von Nutzen hätte sein können. Selbst deutsche Verlagshäuser, heißt es, schrecken vor Machenschaften dieser Art nicht zurück.

Lassen Sie mich konkret werden: Als ich noch im aufreibenden Verlagsgeschäft tätig war und Siegfried Lenz betreuen durfte, widerstand ich dieser Versuchung nicht. Zustimmend nickte ich, als der Vertriebsleiter mir den Vorschlag unterbreitete, eine für eine Großbuchhandlung bestimmte Großauflage des Dichters nicht persönlich signieren zu lassen. Stattdessen kam im Verlag bei heruntergelassenen Jalousien eine »Unterschriftenkralle« zum Einsatz, die die Handschrift des Autors trefflich nachzuahmen vermochte …

Ich verrate nicht, um welchen Roman es sich handelte, wollte aber an dieser Stelle mein Gewissen endlich bereinigen. Bis in meine Träume hat mich die Kralle in den letzten zwanzig Jahren verfolgt. Jetzt geht es mir besser, da mein Fehlverhalten auf dem Tisch liegt. Und seien Sie sicher: Ich selbst signiere alle meine Bücher händisch, Exemplar für Exemplar.

Steinlaus

Wer heute etwas nicht weiß, klappt seinen Laptop auf und googelt den Gegenstand seiner Unkenntnis. Im Online-Lexikon Wikipedia wird er vermutlich fündig werden und unbesehen glauben, was dort zu lesen ist. »Quellenkritik« ist ein wenig aus der Mode gekommen. Wer früher etwas nicht wusste, eilte zum

Bücherschrank oder in die Bibliothek, griff nach einer ehrwürdigen Enzyklopädie aus dem Hause Meyer oder Brockhaus und fand das Gesuchte, im guten Gefühl, wissenschaftlich Abgesichertes zu lesen.

Da das Verfassen und Redigieren von Lexikoneinträgen eine staubtrockene Beschäftigung sein kann, machen sich die Verantwortlichen zur Aufhellung ihres Arbeitsalltags mitunter einen Spaß daraus, Unsinniges in ihre Lexika einzuschleusen und mit dem Anschein akademischer Solidität zu versehen. »Nihilartikel« heißen solche Fake-Einträge die in parodistischer Absicht die Wissenschaft und ihren Jargon aufs Korn nehmen und so formuliert sind, dass sie für bare Münze genommen werden.

Der berühmteste, vielfach aufgegriffene Nihilartikel stammt von Loriot, der 1976 im Fernsehen Bernhard Grzimeks damals hoch populäre Sendung *Ein Platz für Tiere* parodierte und einen »kleinen, possierlichen Kerl«, die Steinlaus (lat. petrophaga lorioti), vorstellte. Diese ernähre sich von Beton und Ziegelsteinen und habe einen stattlichen Tagesbedarf von 28 Kilogramm. Sieben Jahre später erhielt das gut ausgedachte Tierchen seine akademische Nobilitierung und zog ein in die 255. Auflage des *Pschyrembel*, dem angesehenen medizinischen Wörterbuch aus dem Hause de Gruyter. Der mit – wie es sich gehört – wissenschaftlichen Belegen ausgestattete Eintrag schlug hohe Wellen und fand Niederschlag in etlichen anderen Fachpublikationen. Man darf so heute mit Fug und Recht von einer florierenden Steinlausforschung sprechen. Die Stadt Zürich zum Beispiel, Abteilung »Schädlingsberatung und -prävention«, hilft kostenlos Bürgerinnen und Bürgern, die unerwünschterweise mit Steinläusen in Kontakt kommen.

Loriots Steinlaus ist der berühmteste Nihilartikel, jedoch beileibe kein Einzelfall. Wer sich für die Frühgeschichte des Fußballsports interessiert, staunte 1996 nicht schlecht, als der *Neue Pauly*, die »Enzyklopädie der Antike«, erschien. »Apopudobalia« heiße, so die revolutionäre Entdeckung, das antike Ballspiel, das im 4. Jahrhundert v. Chr. in Korinth belegt sei: »Apopudobalia. Antike Sportart, wohl eine frühe Vorform des neuzeitlichen Fußballspiels; Einzelheiten sind jedoch nicht bekannt.« Als Belege werden die *Gymnastika* des Achilleus Taktikos (fr. 3), aber auch römische Zeugnisse wie die pseudo-ciceronianische Schrift *De viris illustribus*, die prominente Apopudobalonten aufzähle. Im 1./2. Jh. n. Chr. sei die Apopudobalia durch die römischen Legionen bis nach Britannien getragen worden, von wo sie sich im 19. Jh. erneut ausgebreitet habe. In den Literaturangaben wird auf einen »grundlegenden« Aufsatz verwiesen, der in einer *Festschrift Matthias Sammer* erschienen sei.

In der *Pschyrembel*-Redaktion fand man offenbar Gefallen, sich mit »Steinläusen« aufzuheitern. So schleuste man 2006 in den Pschyrembel-Band *Natur-*

heilkunde und alternative Heilverfahren folgenden Eintrag ein: »Kurschatten: umgangssprachlich Bez. für eine Person in einer zeitlich u. räumlich auf den Kuraufenthalt beschränkten Partnerschaft; als natürliches Mittel zur Förderung des Kurerfolges schulmedizinisch anerkannt, infolge der besonderen alternativmedizinischen Eigenheit jedoch ethischen u. familienpolitischen Bedenken ausgesetzt«.

Erwähnen möchte ich an dieser Stelle, dass sich im nordhessischen Bad Wildungen zwischen Altstadt und Spitalviertel ein oft fotografierter Kurschattenbrunnen bestaunen lässt. Dieser zeigt mehrere unbekleidete Figuren und einen sinnlich affizierten älteren Mann in Badehaltung. Von Steinläusen scheint der Brunnen bislang nicht befallen zu sein.

Ob dieses *Buch zum Buch* auch einen Nihilartikel enthält?

Tell, Wilhelm

Viele kundige Menschen machen sich Gedanken darüber, was den Akt des Lesens ausmacht, worin seine Geheimnisse liegen und wie diese zu entschlüsseln sind. Wie jeder aus dem Deutschunterricht verflossener Tage weiß, bedeutet Lektüre keineswegs immer ein konzentriertes Sich-Versenken in herrliche epische Strukturen oder lyrische Bilder. Gebeugt über irgendwelche Novellen, schweiften unsere Gedanken nur allzu gerne von den dürren Buchstaben ab, und wir blickten hinüber auf die hermetisch verriegelten Fenster des Mädchengymnasiums oder griffen unter der Bank zum neuen *Asterix*.

In manchen Fällen sind Lektürefolgen rasch und unkompliziert zu erkennen: Bei Joschka Fischers *Mein langer Lauf zu mir selbst* stellen sich unweigerlich Überlegungen zur eigenen Bewegungsarmut ein; Jürgen Flieges Bekenntnisse *Menschenflüsterer* erinnern uns an die alten Ratgeberfilmchen *Nepper, Schlepper, Bauernfänger*, und bei Doris Dörries Büchern denke ich unweigerlich an meine Tante, die in Darmstadt Opernsängerin war und in deren noblen Münchner Haus Szenen für den Film *Männer* gedreht wurden, in dem wiederum Heiner Lauterbach groß herauskam, der dankenswerterweise bislang darauf verzichtet hat, als Prosaautor hervorzutreten …

So schweifen die flirrenden Gedanken ab, und darin liegt nicht die unbedeutendste Kraft der Lektüre. »Jeder Leser ist der Leser seiner selbst«, hat Marcel Proust das formuliert, und genauso fühlte ich mich, als ich zum ersten Mal in Bernd Mathejas Buch *1000 Nadelstiche* blätterte. Dieses Kompendium – fraglos ein Standardwerk – breitet in akribischer Weise ein Füllhorn an Informationen aus, auf deren Erhellung wir nicht zu hoffen gewagt hatten. Der Untertitel »Amerikaner & Briten singen deutsch, 1955–1975«

bezeichnet den Inhalt unverschlüsselt: Vor allem in den sechziger Jahren mussten es selbst namhafte Popsänger wie Cliff Richard, Wanda Jackson, die Beatles oder die Searchers auf sich nehmen, für das noch nicht im Sprachlabor polyglott geschulte Publikum in Hanau und Affaltrach deutsche Aufnahmen vorzulegen. Das klang oft albern (wie in Danas *Flüsse sind für Boote da*) und herzerfrischend komisch, wenn Wanda Jackson sich durch *Santa Domingo* quälte oder Sandy Shaw gezwungen wurde, ihren Grand-Prix-Siegertitel *Puppet on an String* als *Wiedehopf im Mai* einzudeutschen.

Da die Firma Bear Family drei CDs zu diesem Buch anbot, trieb mich das staunend Gelesene umgehend zum musikalischen Nacherleben. Vor dem CD-Player kniend, lernte ich den 1937 in Coventry geborenen Frank Ifield kennen, der um 1960 als Country- und Jodelinterpret Karriere machte. Ja, jodeln … eine Kunst, die er meisterhaft beherrschte, etwa in der deutschen Version von *She taught me how to yodel* (sic!), die die grandiosen Verse enthält: »Mein letzter Trip war Switzerland, denn dort war ich noch nie. / Ich kannte nur von Vico eine Jodelmelodie. / Zuerst fahr ich nach Appenzell zu einer Sennerin. / Nach einer Flasche Enzian, da haut mein Jodler hin.«

Es folgt ein langes, kräftiges Jodelintermezzo, ehe das Stück in den finalen Vierzeiler mündet: »Inzwischen gab ich Unterricht und führ im Film Regie. /

Als letzten Schrei schrieb ich dann eine Jodelsymphonie. / Man machte mich zum Bürger, und ich blieb in Appenzell. / Vielleicht werd' ich mit Jodeln so berühmt wie Wilhelm Tell.«

Monique Falk alias Heinz Hellmer ist diese Lyrik zu danken, und sie führte mich unweigerlich zum Bücherschrank, um endlich wieder einmal Schillers Werke in die Hand zu nehmen. Ja, *Wilhelm Tell*, das war damals auch so ein Reclam-Heftchen, das einen mit Weltekel erfüllte. Der böse Landvogt Gessler, der gelungene Apfelschuss – nichts, was mir einst sonderlich imponiert hätte, auch nicht Sätze wie »Ein jeder lebe still bei sich daheim« oder »Was Hände bauten, können Hände stürzen«. Nun aber, über dreißig Jahre später, puste ich den Staub von meiner Ausgabe und lese mich fest in diesem Schauspiel mit seinen hohlen Gassen.

Und wer oder was brachte mich zu dieser sinnvollen Abendbeschäftigung? Frank Ifields *So leicht lernt man das Jodeln* und seine Poetin Monique Falk ... und ein Buch natürlich, Bernd Mathejas *1000 Nadelstiche*. Das, vermute ich einmal, wird Martin Walser gemeint haben, als er seine Maxime »Ein Buch ist für mich eine Schaufel, mit der ich mich umgrabe« zum Besten gab. Und bei der Gartenarbeit – das wissen erfahrene Eigenheimbesitzer – kommt oftmals Überraschendes zu Tage, Friedrich Schillers *Wilhelm Tell* zum Beispiel ... 1977 veröffentlichte Telefunken das Musical *Tell!*, gesungen unter anderen von Udo Lindenberg, Jürgen Drews und Su Kramer … doch ich schweife ab …

Titel

Früher (um dieses Adverb ein letztes Mal zu verwenden), sagen nostalgisch gestimmte Menschen, wurden Bücher ihrer Inhalte wegen gekauft, gute Bücher eben. Eine – wie man leider sagen muss – heute oft als irrig und altmodisch abgetane Ansicht. Denn zum einen gibt es gar keinen Inhalt mehr, sondern nur noch »content« (und Autoren und Verlagen »providen« ihn), und zum anderen bestimmt die Sentenz »Kleider machen Leute« das Büchermachen heute mehr denn je.

Ein Roman braucht ein fetziges Cover, das ihn abhebt vom Einheitsbrei der einfallslosen Konkurrenz, und er braucht einen Titel, der einprägsam, zündend, poetisch, originell, sympathisch, kurzum: genial ist. Zum »content« sollte er möglicherweise passen, doch das lässt sich fürs Erste vernachlässigen.

Der Titel wiederum unterliegt Moden. Das gilt selbst für wissenschaftliche Arbeiten, die nur bei hartgesottenen Autoren noch *Versuch einer textsemiotisch-psychoanalytischen Erklärung der Seerosenmetaphorik in Detlef von Liliencrons nachgelassener Lyrik* heißen, und erst recht natürlich gilt das für Romane, die Hunderttausende von Lesern erreichen wollen. Kaum einer hätte sich in den siebziger Jahren getraut, einen potenziellen Bestseller *Fräulein Smillas Gespür für Schnee* oder *Schnee, der auf Zedern fällt* zu nennen, wohingegen die einst so populären simmelisierenden Klänge wie *Mit den Clowns kamen die Tränen* längst – um im Bild zu bleiben – Schnee von gestern sind.

Wer als Lektor oder Marketingleiterin ein Händchen für gute Titel hat, erfreut sich großer Beliebtheit, und die Münchner Akademie des Deutschen Buchhandels bot prompt sogar Seminare zur »Titelfindung« an. Patentrezepte gibt es nicht, doch irgendwie und irgendwann, sagen wir vor gut zwanzig Jahren, breitete sich ein geheimes Netz über deutsche Verlagshäuser aus. Der Zeitgeist erkannte damals messerscharf, dass Männer ohnehin kaum Bücher lesen (es sei denn solche, die todsichere Finanz- oder Erektionstipps geben, Computer erklären, das Handwerken zur hellen Freude machen oder kräftig Horror offerieren) und dass die vielen, vielen Frauen, die vom Lesen gar nicht genug bekommen können, am liebsten Romane über Geschlechtsgenossinnen lesen. Wer Schuld an dieser Entwicklung hat, ist schwer zu sagen. Wahrscheinlich Donna W. Cross, die mit ihrem Historienschmöker *Die Päpstin* eine Lawine lostrat und manchen Verleger, der gerade nachdenklich die Sellerlisten betrachtete, auf den nicht allzu fernen Gedanken brachte, bewährten Pfaden zu folgen.

Nur: Nicht jeder von Frauen ausgeübte Beruf eignet sich gleichermaßen, Aufmerksamkeit zu erregen. Mit *Die Steuerfachfrau* oder *Die Anwaltsgehilfin* wäre wenig Staat zu machen. Was verlangt wird, sind Tätigkeitsfelder mit exotischer Anmutung, auf dass sich die lesende Steuerfachfrau und Anwaltsgehilfin zumindest in ihrer Phantasie von ihrem tristen Alltag entferne und Anteil habe an wirklich aufregenden Frauenbiographien. Und so kam sie unweigerlich, die Welle der staunenswerten Romane, die schwer vermittelbare Frauen zu Titelheldinnen machen: *Die Safranhändlerin* zum Beispiel, *Die Vogelkundlerin*, *Die Schamanin*, *Die Wachsbildnerin*, *Die Schattenfrau* oder *Die Glasbläserin*.

Robert Schneider wusste nach *Schlafes Bruder* plötzlich von einer *Luftgängerin* zu berichten, und Helga Hegewisch kümmerte sich nicht um Abschreckungsgefahren und nannte einen Roman unerschrocken *Die Totenwäscherin*. (Wem schenkt man eigentlich so ein Buch, fragte ich mich zwangsläufig? Darf, kann man seiner kränkelnden Mutter einen Roman über eine Totenwäscherin mitbringen, ohne Gefahr zu laufen, enterbt zu werden?). Auch spätere Büchersaisons blieben dem Trend treu. Erfolgsautorin Charlotte Link machte uns mit der *Rosenzüchterin* bekannt, und selbst auf dem Felde der hoch ambitionierten Literatur brechen die ersten Dämme: Der damalige Hanser-Verleger Michael Krüger präsentierte einen Roman unter dem lockenden Titel *Die Cellospielerin*.

Das ging eine Weile so weiter. Ganze Lektoratsteams wurden ins Trainingslager geschickt, um in alten Wörterbüchern und Enzyklopädien Ausschau zu halten nach ausgestorbenen Berufen. Oder einfach nach welchen, die rätselhaft, weich und fraulich klingen. Zu wenige Silben dürfen sie nicht haben, also nicht *Die Käserin* oder *Die Melkerin*. Nicht realisiert wurden, wenn ich recht sehe, vielversprechende Ideen wie *Die Kakteenheilerin*, *Die Maultrommlerin* oder *Die Titelfinderin*, schade eigentlich.

Heute sind diese Varianten seltener anzutreffen. Bernhard Schlinks *Die Enkelin* rechnen wir nicht dazu, Elisabeth Beers *Die Bücherjägerin* schon. Manchmal wurde, wie von Carsten Henn, der Spieß umgedreht, und zu Bestsellerehren gelangten sonderbarerweise Bücher, die *Der Geschichtenbäcker* oder *Der Buchspazierer* hießen und trotzdem Frauen ansprachen. Im Verhältnis der Geschlechter hat sich ja in den letzten Jahren viel geändert. Staunend nehme ich dabei zur Kenntnis, dass man mit einem Titel wie *Junge Frau, am Fenster stehend, Abendlicht, blaues Kleid* eine große Leserinnenschaft finden kann. Das wäre früher undenkbar gewesen, selbst mit Peter Handke (*Vor der Baumschattenwand nachts*) als Autor. Aber früher hat es einiges nicht gegeben.

Übersetzungsperlen

Das Los von Übersetzerinnen und Übersetzern ist – was sich allmählich herumgesprochen hat – hart. Ihre mäßig entlohnte Arbeit erfährt in Kritiken oft keine angemessene Würdigung, und ihre Namen wurden lange Zeit im Impressum und in der Titelei von Büchern versteckt. Das hat sich in den letzten Jahren gebessert. Übersetzer gelten als Urheber, und einige Verlage sind dazu übergegangen, sie auf der vorderen oder hinteren Umschlagseite zu erwähnen.

Da wir um das harte Schicksal dieses Berufsstandes wissen, sei jedoch die Anmerkung erlaubt, dass der Zeitdruck, der beim Übersetzen gerne mal herrscht, unweigerlich zu Missgriffen führt. So ließe sich mühelos ein Buch mit dem Titel *Der blühendste Unsinn in Übersetzungen* zusammenstellen. Dafür ist hier kein Platz, doch mit meiner liebsten Übersetzungsperle möchte ich nicht hinterm Berg halten.

1921 debütierte der französische Autor Paul Morand mit drei feinen Novellen, die Gallimard unter dem Titel *Tendres stocks* veröffentlichte. Marcel Proust schrieb dafür ein kleines Vorwort, das nicht verhinderte, dass erst 1990 eine deutsche Ausgabe des Buches erschien. *Amouren* hieß diese unoriginellerweise, und deren Übersetzerin verdanke ich einige philologische Höhepunkte.

Aus dem französischen Satz »Je montai deux étages pour éclairer une chambre semée de livres, de sellerie, de siphons« macht sie »Ich ging zwei Etagen hinauf und erhellte ein mit Büchern, Sellerie und Siphons übersätes Zimmer«. Falsche Freunde findet man nicht nur im wirklichen Leben, sondern auch im sprachlichen, und so freuen wir uns daran, dass das von Morand so apart ausstaffierte Zimmer im Deutschen nicht mit Sattelzeug (»sellerie«), sondern mit prosaischem (Knollen- oder Bleich-?)Sellerie übersät ist. Als Stilllebenmotiv gefällt uns die Gemüsevariante ganz gut. Paul Morand starb rechtzeitig, 1976.

Verlagsvertreter

Vertreter zu sein, das war ein Beruf, der bei meinen Eltern keinen sonderlichen Status genoss. Sich von Tür zu Tür zu hangeln, Menschen zu übertölpeln und ihnen Versicherungen, Zeitungsabos oder Küchengeräte aufzuschwatzen, das galt als unseriös, und selbstverständlich wäre meine Mutter nie auf die Idee gekommen, irgendjemandem irgendetwas an der Wohnungstür abzukaufen.

Auch Loriots fabelhafter Sketch *Vertreterbesuch* aus dem Jahr 1978 hat den Ruf der Berufsgruppe nicht gesteigert. Wir erinnern uns: Evelyn Hamann gibt die aufwändig frisierte Mutter Hoppenstedt, die zur Weihnachtszeit überraschenden Besuch gleich dreier Handlungsreisenden erhält. Nach Weinvertreter Blümel und vor Versicherungsvertreter Schober dringt Staubsaugervertreter Jürgens in die Hoppenstedt'sche Wohnung ein, um den Einhandstaubsauger Heinzelmann zu präsentieren. Das Ganze endet in feuchtfröhlicher Runde und mit zweideutigen Werbeslogans, die den heimkehrenden Ehemann Hoppenstedt verstören: »Es saugt und bläst der Heinzelmann, wo Mutti sonst nur blasen kann.«

Ganz anders sieht es in der Buchbranche aus. Dort genießen Vertreterinnen und Vertreter, von leichtfertig formulierenden Vertriebsleitern als »Außendienst« tituliert, einen einwandfreien Ruf und sind, obwohl man das Aussterben ihres Standes regelmäßig vorhersagt, unverzichtbar. Was immer da in Verlagen in den letzten Jahren an Key-Account-Manager-Stellen geschaffen wurde – ohne die mal festangestellten, mal frei agierenden Verlagsvertreterinnen und Verlagsvertreter wollen wir uns die Bücherwelt nicht vorstellen.

Zweimal im Jahr begeben sie sich auf große Tour quer durch die Republik, besuchen geduldig unzählige kleinere und mittlere Buchhandlungen, um sie von den Segnungen der von ihnen »vertretenen« Verlagsproduktionen zu überzeugen. Wer dieses Metier, zu dem Einfühlungsvermögen und rhetorische Fähigkeiten gleichermaßen gehören, beherrscht, »schreibt« gute Zahlen und wird in klug geführten Verlagen mit Samthandschuhen angefasst.

Wie ein solches »Verkaufsgespräch« abläuft, hat der Journalist Siegfried Ressel 2016 für den Deutschlandfunk in seinem Feature *Darf's ein Buch mehr sein? Mit Verlagsvertretern unterwegs* festgehalten. Als Beispiel diente dabei Jochen Thomas-Schumann, der unter anderen den Hanser Verlag vertritt. In einer Kasseler Buchhandlung kam es dann zu diesem sehr repräsentativen Dialog: »Gut, sollen wir mit Hanser beginnen? – Ja. – Genau, es beginnt also mit dem neuen Roman von Navid Kermani, den wir, glaube ich, für den am besten zu verkaufenden und seinen am leichtesten und lesbarsten Roman bisher halten. Es ist eine Geschichte um einen Mann und eine Frau, die sich nach dreißig Jahren wiedertreffen. Die mal als Jugendliche ein Paar waren und eine Nacht miteinander verbringen – wie ein Kammerspiel ist es aufgezogen – und sich fragen: Was ist aus uns geworden, was ist aus der großen Liebe von einst und uns geworden? – Gut, Stücker drei. – Hm. – Und dann den Capus einmal? – Ja. – Und Sibylle Berg wollen wir nicht? – Manche wollen wir einfach nicht, genau. – Botho Strauss? – Den müssen wir. – Den wollen Sie auch nicht, aber den müssen Sie!? – Den müssen wir, ja.«

So geht das immer weiter, ein kreisendes, abwägendes Gespräch, das von der Erkenntnis der Vertreter geprägt ist, dass ihnen in der Regel selbstbewusste Buchhändlerinnen und Buchhändler gegenübersitzen. Aufschwatzen lassen die sich nichts; da ähneln sie meiner Mutter.

Ehe sich die Vertreterinnen und Vertreter auf die beschwerliche Reise begeben, hat im Verlag übrigens die »Vertretersitzung« stattgefunden. Diese mehrtägige Runde dient dazu, dass der Verlag seiner Vertretercrew das kommende Programm schmackhaft machen möchte – mit prächtigen Verkaufsargumenten und ausgefeilten Lektoratspräsentationen. Sicher kann man sein, dass die Vertreter dem ihnen Dargebotenen kritisch gegenüberstehen und an quasi allem – Cover, Titel, Bindeart, Autorenfotos, Erscheinungstermin, Konditionen usw. – herummäkeln. Verlagsleitungen sehen dieser Sitzung folglich mit einer gewissen Angst entgegen.

Das Prozedere im Einzelnen lässt sich fein nachlesen in Michael Krügers Satiren *Das Schaf im Schafspelz*. Das darin enthaltene »Drama in zwei Akten mit einem Epilog« namens *Die Vertretersitzung* ist von überzeitlicher Gültigkeit.

Weihnachtsbücher

Da liegen sie, unbewegt noch im Frühjahr, da breiten sie sich optisch markant auf den Sideboards und

Couchtischen aus und fordern uns dezent auf, sie endlich in die Hand zu nehmen. Sie, das sind die großformatigen Bildbände und Edelkochbücher, die im Handel unter dem Begriff »Coffee Table Books« laufen, selten gelesen werden und somit, wie es die Buchwissenschaftlerin Ursula Rautenberg nannte, unter die »uneigentliche Buchnutzung« fallen. Die meisten von ihnen sind eher textarm und erfreuen stattdessen mit hochwertigen Fotografien, die uns die schönsten Leuchttürme der Welt oder eine sehr knusprige Ente à l'orange zeigen. Besuchen werden wir diese Leuchttürme nie, und das aufwendige Geflügelgericht nachzukochen empfiehlt sich auf gar keinen Fall, denn niemals wird die Ente in unserer Küche so glanzvoll schimmern wie in dem Kochbuch, das unseren Kaffeetisch schmückt.

Coffee Table Books sind in erster Linie Wohnaccessoires und eignen sich wunderbar als Weihnachtspräsente. Sie machen etwas her, signalisieren, dass sich der Schenkende nicht hat lumpen lassen, und ziehen keine intellektuellen Diskussionen nach sich, die die Stimmung unterm Christbaum so leicht kippen lassen. Coffee Table Books sind ein wichtiger Umsatzbringer im existenziell wichtigen Weihnachtsgeschäft. Denn der Buchhandel gehört zu jenen Branchen, für die die letzten Wochen des Jahres kriegsentscheidend sind. Wie die Lego-, Playmobil- und Smartphone-Vertreiber in dieser Zeit von zunehmender Nervosität gezeichnet sind, so starren Buchhändlerinnen und Buchhändler in den Adventstagen auf die Umsatzzahlen wie das Kaninchen auf die Schlange.

Zwanzig Prozent seines Jahresumsatzes sind es oft, die der Buchhandel vor Weihnachten erwirtschaftet – ein Faktor, der aus Sortimentern unwillkürlich gestresste, überarbeitete Wesen macht. Österreichs bekannteste Buchhändlerin, Petra Hartlieb aus Wien, hat in ihrem Erlebnisbericht *Weihnachten in der wundervollen Buchhandlung* resümiert, wie diese Dezemberhektik aus normalen Menschen Nervenbündel macht und diese am Nachmittag des 24. Dezember in sich zusammenfallen lässt.

Mit Buchhändlern das Fest zu verbringen, das sollte man ohnehin vermeiden. Eine Freude ist es nämlich nicht, mit diesen schlappen, sich nur nach Schlaf sehnenden Gestalten Bescherung abzuhalten. Zu quälend waren für sie die Wochen davor, wenn sich hilflose Kundschaft durch den überfüllten Laden schiebt, die nach einem Last-Minute-Präsent für die an Literatur hochinteressierte Schwiegermutter sucht und von der stets geduldig bleibenden Sortimenterin umfassendes Wissen (»Wie fanden Sie diese georgische Autorin, deren Name mir gerade nicht einfällt?«) erwartet. Und selbst das Verlangen, ein halbes Dutzend Reclam-Heftchen einzeln verpackt zu bekommen – mit Schleife, bitte – darf nicht abschlägig beschieden werden. »Aber selbstverständlich! Welches Papier hätten Sie denn gern? Das mit den Schneemännern?«, lautet die korrekte, von einem huldvollen Lächeln begleitete Antwort.

Alle Jahre wieder zittern die Buchhändler dem ersten Adventslicht entgegen. Werden die Menschen dem guten alten Buch treu bleiben? Werden sie weiterhin zu Weihnachten neben Netflix-Abos und Online-Gutscheinen richtigen Lesestoff verschenken? Allen Unkenrufen zum Trotz hält die Liebesbeziehung »Weihnachten & Buch« bis heute. Wie wir an diesen Tagen ohnehin Traditionen pflegen, von denen wir den Rest des Jahres über wenig halten – zum Beispiel als Nicht-Kirchgänger plötzlich lauthals in der Christmette »O du fröhliche!« schmettern und unversehens so tun, als sei es uns eine Freude, mit Tante Brigitte über ihren Teneriffa-Urlaub zu plaudern und mit den Kindern Memory zu spielen –, so geben wir uns in dieser emotional aufgeladenen Zeit technikfern und verschenken teure Bücher.

Wenn wir uns zwischen Karpfen und Marzipankartoffeln zurücklehnen und den neuen Roman von Anne Tyler oder Leïla Slimani in die Hand nehmen, kommt es uns so vor, als sei die Zeit endlich stehen geblieben. Sich im Sessel zurückzulehnen und sich auf eine Geschichte ganz und gar einzulassen, das gibt uns das Gefühl, jene Gelassenheit zu besitzen, der wir den Rest des Jahres vergeblich hinterherhecheln.

Wer Bücher verschenkt, sollte mit Bedacht agieren. Denn nicht jedes Thema ist weihnachtlichem Frieden zuträglich. Ratgeber, die den Zugang zu eigenwilligen Sexualpraktiken erleichtern oder *Die Immobilie bei Trennung und Scheidung* heißen, können für Verstörung sorgen. Auch Alwin Penners *Schlanker, gesünder, schöner. Der Weg zum ultimativen Frauenkörper* und Alexander von Schönburgs *Die Kunst des lässigen Anstands* sind nicht für jeden das richtige Präsent. Einmal – das möchte ich an dieser Stelle erwähnen, obwohl der Bezug zu Weihnachten gering ist – wollte ich meiner Mutter, als sie im Krankenhaus weilte, die Zeit mit einem Krimi vertreiben. Meine schnell getroffene Wahl – P.D. James' *Tod im weißen Häubchen* – stieß auf verhaltene Resonanz. Von einer auf unschöne Weise um die Ecke gebrachten Krankenschwester wollte meine Mutter partout nichts lesen.

Wer solche Ungeschicklichkeiten zu Weihnachten vermeidet und das passende Buch auf den Gabentisch legt, sorgt zudem dafür, dass die Beschenkten sich noch Jahre später an diesen Moment erinnern werden. Weihnachtsbücher sind nicht primär dazu da, gelesen zu werden. Das wäre ein zu pragmatischer, erfolgsorientierter Standpunkt. Weihnachtsbücher stiften Erinnerung. Zum Beispiel an meine oberpfälzische Tante Maria – Marerl genannt –, die mir zu Weihnachten 1969 den großartigen Filmbildband *Winnetou I* (mit den wild entschlossenen Lex Barker und Pierre Brice auf dem Cover) schenkte. Unvergessen ist mir diese herrliche Tante, dank dieses Buches und dank Weihnachten.

Widmung

Falls uns ein Buch nichts sagt, dann vielleicht seine Widmung. Man zählt sie, wie schon im Eintrag »Danksagung« ausgeführt, zu den »Paratexten«, zu denen auch Register und Verzeichnisse zählen. Zueignungen oder Widmungen sagen oft mehr über den psychischen Haushalt der Verfasser aus als die nachfolgenden 400 oder 500 Seiten.

Die gedruckte Widmung, das ist eine private, ja vielleicht intime Botschaft, die unbedingt ans Licht der Öffentlichkeit soll und deshalb zum Balanceakt zwischen Aufrichtigkeit und Exhibitionismus wird. Sie will wohlüberlegt sein, und nur unerfahrene Autoren neigen dazu, ihre Opera den Geliebten des Augenblicks zuzueignen. Was tun, wenn die Liebe nicht währt, wenn »Anna« oder »Klaus« sich als fatale Irrtümer, als unersprießliche One-Night-Stands erweisen und schon bei Drucklegung, wenn nichts mehr zurückzunehmen ist, mit Verachtung gestraft werden. Klüger ist da ein flexibles »Für dich«, ein nebulöses »Für die, die weiß, wer gemeint ist« – das lässt sich auch Jahre später ohne großes Schamerröten betrachten oder uminterpretieren, und man wird nicht mit bohrenden Fragen der Gattin konfrontiert wie: »Wer war denn diese Isabell? Von der hast du nie was erzählt«.

Widmungen drücken oft Dankbarkeit aus, dem geduldigen Partner gegenüber, der wochenlang allein ins Kino gehen musste, vielleicht auch gegenüber der unermüdlichen Hilfskraft, die für einen Hungerlohn unangenehme bibliographische Arbeiten erledigte, oder – wie in einem älteren wissenschaftlichen Werk gefunden – schlicht »Erna, der Gestalterin der Atmosphäre des Schaffens«. Das ist ehrenvoll, und dagegen ist wenig zu sagen.

Verwickelter geraten die Dinge, sobald Widmungen dafür herhalten, ganze Lebensgeschichten oder Botschaften zu transportieren. Silvio Blatter widmete eines seiner Bücher dem »Jungen, der ich war«, und dem »Alten, der ich werde«, während Peter Härtling in seinem Ökoroman *Das Windrad* die damals beliebte Freizeitbeschäftigung der Menschenkette (aus der später die Lichterkette wurde) auf seinen Paratext übertrug und an alle dachte, die »dabei sein werden«. Das berührt unangenehm und ist in diesem Fall auch nicht unbedachter Jugend zuzuschreiben wie beim Niederländer Cees Nooteboom, der seinem Erstling *Das Paradies ist nebenan* gleich eine auf Eindruck bedachte französische Variante voranstellte: »Pour Nicole et pour notre ami aux cheveux gris« – wer immer der Freund mit den grauen Haaren auch war.

Da wir gerade in Frankreich sind: Unter Wissenschaftlern galt es lange Zeit als verpönt, die Seriosität eigener Studien mit flotten Zueignungen infrage zu stellen. Anders der Philologe Heinz-Willi Wittschier, den viele Studierende wegen seiner »Einführungen« in zahlreiche romanische Sprachen ihr Leben lang nie vergessen werden. »Würde ich dieses Buch jemandem zueignen, dann Dir, Ingrid«, damit begann er seine kondensierten Literaturgeschichten, was alsbald mit »Die Zueignung eines Buches will gut überlegt sein, Ingrid« und dem poetischen, auf Pedro Salinas anspielenden »... la voz a ti debida, Ingrid« fortgeführt wurde. Seit der ersten Wittschier-Lektüre sah ich in Ingrid – die Gattin, Tochter, Erbtante? – eine gute Bekannte, und das Wittschier'sche Denken ist ohne Ingrid kaum auszuloten.

Bleiben wir einen Augenblick in Frankreich: Manchmal stiften Widmungen Verwirrung und führen Kritiker auf Holzwege. Robert Schneider zum Beispiel gab seinem Bestseller *Schlafes Bruder* ein vielsagendes »Pascales Herzschlagen« mit auf den Weg, worin schlampige Leser (und Rezensenten) sofort einen tiefgründigen Hinweis auf den Philosophen Blaise Pascal und einen Anlass für nicht minder tiefgründige Interpretationen sahen ...

Natürlich geht es schlichter. Auch wenn es vielen Schriftstellern heute schwerfällt, ist es möglich, ein Buch niemandem zu widmen – so wie es Botho Strauß etwa in seiner frühen Erzählung *Die Widmung* hielt. Auch Bret Easton Ellis überzeugt in *The Shards* mit einem »für niemanden«. Andere bemühen sich zumindest um trickreiche Originalität, die überdies dem Absatz des Werkes zuträglich sein kann. Rafik Schami widmete seine *Sieben Doppelgänger* in »Dankbarkeit allen Buchhändlerinnen und Buchhändlern, die jemals einen Erzählabend mit mir veranstaltet haben«. Das hat augenzwinkernden Stil und verspricht viele weitere Lesungen.

Ich selbst stand einmal vor einer heiklen Zueignungsentscheidung. Gern hätte ich mein Buch *Wer hat den schlechtesten Sex?* jemandem zugeeignet. Doch ich erhielt Absagen von allen Seiten, und so bekam dieses Buch den Paratext »Dieses Buch wollte niemand gewidmet bekommen«.

Wörter, verlorene

Erinnern Sie sich an Pisa? Nein, nicht an Ihre Besichtigung des schiefen Turms, ich meine diese berühmt gewordene Studie, die deutschen Sprösslingen geistig-kulturelle Zurückgebliebenheit attestierte und unseren Nachwuchs auf dem Bildungsranking irgendwo zwischen Brasilien und Rumänen platzierte. Alle äußerten sich damals dazu, Hans Zehetmair, Dietrich Schwanitz, der hohenlohische Volkshochschulverband, Jürgen Möllemann und Ministerin Edelgard Bulmahn. Die meisten Akteure sind inzwischen vergessen; ich erinnere mich aber gut daran, wie all das bedenkenträgerische Pisa-Gerede mir auf die Nerven ging – bis ich wenig später mit erschreckendem Bildungsverlust konfrontiert wurde.

Anlass war ein Abend, als mich die permanente Hegel-Lektüre ermüdet hatte und ich begann, durchs Fernsehprogramm zu zappen. Menschen wie ich, die nicht zur Pisa-Generation gehören, sehen Unterhaltungssendungen ja nie absichtlich – »beim Zappen bin ich zufällig …«, das ist der Standardsatz in unseren Kreisen, und genauso geriet ich in Jörg Pilawas Vorabendratespiel *Das Quiz*, eines jener inflationären Formate, die das Leben zu einem Multiple-Choice-Problem machen. (Herrn Pilawa gibt es erstaunlicherweise immer noch. Wer sich einmal für den Beruf des Quizmasters, so heißt es, entschieden hat, braucht sich um sein Auskommen nicht zu sorgen.)

Kurzum, dem netten Herrn Pilawa saß damals ein Paar gegenüber, Anfang dreißig vielleicht, das offenkundig Schulen besucht hatte und nun seine Brötchen in jenen Branchen verdiente, in denen smarte junge Menschen heute zu arbeiten pflegen. Welcher Baum das libanesische Staatswappen ziere, das wurden die beiden Probanden gefragt und durch die Alternativen »Zeder«, »Zypresse«, »Platane« und »Esche« total verunsichert. Der Mann begann lautstark zu grübeln und die Lösungsmöglichkeiten zu kommentieren. Er sagte dies und jenes ... und dann den fatalen Satz: »Platane, das Wort habe ich noch nie gehört ...«

Halten wir inne: Es ist keine Schande, wenn man nicht alle Flaggen dieser Welt nachmalen kann. Man muss auch nicht genau wissen, dass – so der großartige *Kosmos-Baumführer* – die Blätter der gewöhnlichen Platane wechselständig, variabel in der Form, 20 bis 23 cm lang und breit sind und dass ihre behaarten jungen Blätter bei Berührung Allergien auslösen können.

Es ist schön, dergleichen parat zu haben, doch wer hier passen muss, verdient nicht automatisch Hohn und Spott. Aber: Das Wort, das bloße Wort »Platane«, das sollte ein deutscher Großstadtmensch schon einmal gehört haben, oder? Natürlich kenne auch ich nicht alle Wörter und lerne täglich neue Schönheiten wie »Resilienzsteigerung«, »Ressourcenallokation« oder »Body Shaping« hinzu. Und selbst prominente Zeitgenossen haben ja mit der Wortvielfalt ihre Probleme, Lothar Matthäus etwa, der das ausgelaugte Team von Rapid Wien einst mit dem tiefschürfenden Satz »Nur so kann ich die Mannschaft aus ihrer Ekstase holen« aufmunterte.

Doch das Wort »Platane« nicht kennen? Wo sich jede bessere Kleinstadt mit einer »Platanenstraße« schmückt und die Beliebtheit dieses abgasresistenten Baumes ständig zunimmt? Die kulturellen Folgen solcher Unkenntnis, dachte ich damals und denke es bis heute, sind nicht abzusehen. Der Zusammenhang der Welt wird für immer im Dunkeln bleiben, wenn sich schon simple botanische Allerweltsbegriffe nicht mehr erschließen. Es ist eine Selbstverständlichkeit (und ein beliebter Topos der Zivilisationsgeschichte), dass unsere Sprache nicht ausreicht, um übergroßes Leid oder Glück zu beschreiben, und seit dem frühen 20. Jahrhundert wundert sich niemand mehr darüber, wenn selbst eloquente Dichter klagen, dass ihnen die Worte nicht mehr gehorchen und sie von Sprachkrisen heimgesucht werden.

Daran haben wir uns gewöhnt, und manchmal ist Schweigen bekanntlich Gold, ein nicht gesagtes Wort vorteilhafter als ein gesagtes. Doch wie wollen die Pisa-Geschädigten im Leben zurechtkommen, wenn es am Grundwortschatz mangelt? Ein Beispiel: Der türkische Lyriker Nâzım Hikmet setzt in einem seiner Gedichte mit den Zeilen an: »Am Wasser stehen wir: / die Platane und ich«. Stellen Sie sich unseren Pilawa-Kandidaten vor, der »Platane« für ein Huftier oder eine Häuptlingstochter hält … Ganz zu schweigen von jenen antiken Zeugnissen, die den Schönheits- und Wonnebaum beschwören, von Cicero, der in *De Oratore* Gelehrte im Schatten einer Platane philosophieren lässt. Man denke an Händel und seine Oper *Xerxes* mit ihrer Platanenpreisung »Ombra ma fui« oder an das Platanensymbol in Goethes *Wahl-*

verwandtschaften. Und was tut sich im Kopf des TV-Baumignoranten, wenn er hört, dass Zeus mit Europa etliche Kinder »unter einer Platane« zeugte?

Mein Fernsehabend endete in tiefen Reflexionen. Jörg Pilawa gab keine Auskunft darüber, welche Schulbildung sein Kandidat genossen hatte, ob dessen Lücken einer hessischen Gesamtschule oder einem oberbayerischen Eliteinternat anzulasten sind. Vielleicht hat dieser ja lediglich jenen Rat missachtet, den Gerald Durrell in seinem Korfu-Roman *Meine Familie und anderes Getier* gibt: »Schlafe nie unter einer Platane! Die Wurzel windet sich in dein Gehirn und raubt deinen Geist, bei Verstand legst du dich hin, wahnsinnig stehst du wieder auf.« Und danach trittst du im Fernsehen auf.

Zwiebelfisch

Gemeint ist nicht die alteingessene gleichnamige Kneipe am Berliner Savignyplatz, wo es, so die *Süddeutsche Zeitung*, noch heute so aussieht, »als träten gleich Rudi Dutschke und Peter Szondi« ein. Ebenso wenig das gleichnamige Weimarer Antiquariat oder die gleichnamige zwischen 1909 und 1934 erschienene Zeitschrift, auch nicht der karpfenähnliche Ukelei, der auch als Zwiebelfisch firmiert, oder das gleichnamige Gericht, das sich beispielsweise aus Rotbarsch, reichlich Zwiebeln, Speck und Crème fraîche zubereiten lässt.

Der Büchermensch denkt bei Zwiebelfisch vielmehr an einen Fachausdruck aus der Drucker- und Setzersprache, der ursprünglich aus der Zeit des Bleisatzes stammt. Er bezeichnet, sagt mir das gut informierte *Reclams Sachlexikon des Buches*, einen »Buchstaben anderer Schriftart oder -größe innerhalb eines Texts«.

Überhaupt ist diese Fachsprache voller Abgründigkeiten. Denken Sie nur an den »Schusterjungen« oder das von Sprachpolizisten inzwischen beargwöhnte »Hurenkind« – Vokabeln, die eine alleinstehende Zeile eines Absatzes am Seitenende oder am Seitenfang bezeichnen. Diese Phänomene rühren von einem fehlerhaften Seitenumbruch her und gelten als unschön. Das vorliegende Buch ist frei von Schusterjungen und Hurenkindern. Hoffe ich.

Rainer Moritz

1958 in Heilbronn geboren, war Fußballschiedsrichter, promovierte mit einer Arbeit über Hermann Lenz, arbeitete als Cheflektor bei Reclam Leipzig und als Programmgeschäftsführer bei Hoffmann und Campe, ehe er 2005 die Leitung des Hamburger Literaturhauses übernahm. Damit nicht genug, tritt Moritz regelmäßig als Literaturkritiker in Erscheinung, übersetzt aus dem Französischen (unter anderem Françoise Sagan und Georges Simenon), kommentiert humorvoll das Weltgeschehen in einer Bremen-2-Radiokolumne – und schreibt Bücher: über Fußball, Schlager, Pariser Parks, aber auch über Richard Yates. Zuletzt erschienen bei Oktopus die Romane *Als wär das Leben so* und *Das Schloss der Erinnerungen* sowie das Geschenkbuch *Unbekannte Seiten. Kuriose Literaturgeschichte(n).*

RAINER MORITZ
IM OKTOPUS VERLAG

Als wär das Leben so

Roman

»Eine Ode ans Drauflosleben.«
Oliver Jungen / Frankfurter Allgemeine Zeitung

Das Schloss der Erinnerungen

Roman

»So leicht, elegant und dicht.«
Welt am Sonntag

Unbekannte Seiten
Kuriose Literaturgeschichte(n)

»Vorzüglich geschrieben.«
Hamburger Abendblatt